倡导诗意健康人生　为诗的纯粹而努力

中国诗歌

CHINESE POETRY

2021年度诗集诗选

主 编◎阎 志

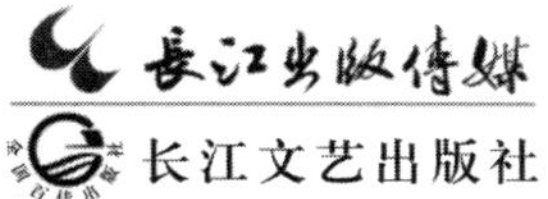

长江文艺出版社

图书在版编目（CIP）数据

中国诗歌. 2021 年度诗集诗选 / 阎志主编. --武汉 ：
长江文艺出版社，2022. 8
ISBN 978-7-5702-2562-0

Ⅰ. ①中… Ⅱ. ①阎… Ⅲ. ①诗集－中国－当代
Ⅳ. ①I227

中国版本图书馆 CIP 数据核字(2022)第 036923 号

责任编辑：王成晨　石　忆　　　责任校对：毛季慧
装帧设计：叶芹云　　　　　　　责任印制：邱　莉　王光兴

出版：长江出版传媒　长江文艺出版社
地址：武汉市雄楚大街 268 号　　　邮编：430070
发行：长江文艺出版社
http://www.cjlap.com
印刷：湖北新华印务有限公司

开本：880 毫米×1230 毫米　1/32　印张：10　插页：4 页
版次：2022 年 8 月第 1 版　　2022 年 8 月第 1 次印刷
行数：6177 行

定价：39.00 元

《中国诗歌》编辑部
武汉市江岸区惠济路 3 号卓尔书店　　　邮编：430000
发稿编辑：刘　蔚　熊　曼　李亚飞　庄　凌
投稿信箱：zallsg@163.com
电　　话：027—61882316

目　录

王单单诗集

《花鹿坪手记》

王单单，生于1982年，云南镇雄人。曾参加《诗刊》社第28届青春诗会。曾获首届人民文学新人奖、《诗刊》年度青年诗人奖、华文青年诗人奖、云南文学艺术奖等。2020年底被中国作协办公厅、中国作协创联部联合授予“深入生活、扎根人民”主题先进个人。出版诗集《山冈诗稿》《花鹿坪手记》等多部。

王单单诗集诗选

补瓦记

秋后的原野上
一个人奔跑在雨水之前
他要赶去对面的山崖下
为阿金家的屋顶补一片瓦——
一片亮瓦，这方寸之地
可纳浩瀚星空，就像人的眼睛
面对着人世的深邃

阿金站在屋里，仰头
指挥着屋顶上盖瓦的人
“向左一些，朝右一点……”
隔着巴掌大的亮瓦
阿金看到它背面，有一张
脸，流汗的脸——
从容，坚毅，大如天

拆旧记

六十五岁的张翠花
缩身草丛中，像一只
蛐蛐儿在叹息：
没有了，没有了，全部拆掉了——
她在跟外出务工的儿子通话
二十多年前
她在这儿生下他

几天前，她儿子曾来电
请我们帮他家
把旧危房拆除，可张翠花
还是有些不舍，独自去
废墟里，刨出几块
神龛上的木板，颤巍巍扛着
回到了新家

拉水记

拖拉机哐哐哐地
水在上面晃荡着
倒映着云朵，倒映着落日

某个黄昏，水袋突然破裂

水从车厢里涌灌而出
抛洒着晶莹的水花

一时之间，云朵回到空中
夕阳落下山去

天地间，就他
孤零零地，站在
湿漉漉的公路上
像一条鱼，丢失了
身上的鳞

黄昏记

老两口坐在院坝里
撕苞谷。苞谷皮在周围
堆积成小垛，似乎要垮了
正慢慢向他俩覆盖过来
突然女的说：
你搬去安置房吧，我留在这里算了
半晌后，男的才吭声：
要走一起走，要留一起留

——而此时
月上柳梢，蝉声止息
这是吴家山一景
也是世界上最寂静的黄昏

村中巡记

又去村子里转了一圈
史周才搬了新家
陶马昭的地皮刚刚硬化
徐声焰的女儿辍学数月
多次劝返，终于登上回程的火车
无数次告诉过徐家三，我姓王
他无数次追问我，你是谁
转到一块荒地里，有间房子
常年空着，可能要挨近年关
吕道龙才会回来
转到冯先海家，他给我道歉了
昨天村民开会，他因病缺席
——转。一直转，像陀螺
这辈子总被抽打着
转，继续转，转到
暮色四合，转到月出高山
噫，你抬头看看
月亮是不是天上的贫困户
需要我们用尽离别与孤独
一次又一次地帮扶

融化记

周国驰终于还是砌牛圈了
他还将敞坝填平，从中修了一条路
与众人的路，相互接通

周国驰家没有牛圈
他从四个方向安装了摄像头
监控下，十多头牛养在露天坝子里
时间久了，经常有人反映
牛粪影响了周围住户和村容
我们驻村队轮番找他理论
终无果。人们私下议论
这个人的心，比石头还要硬

有人讲起另一件事情：
几年前，村里人打电话给周国驰
告知他儿子死了。他不慌不忙
在山上将牛喂饱。回来后
自己刨个坑，把孩子埋了

操家理物记

陈永久的女儿嫁进城里后
第一次回娘家，恰好遇到我

正在和他父亲争论
围绕改造人居环境的问题
我对她说：
你打扮得漂亮又时髦
你在人群中走过，定有人为你回头
但谁也不会想到
养你长大的家庭，竟然如此邋遢

她听我说后
脸瞬间羞红至耳根
悄悄劝我不要和他爹争论了
从此以后，无论我何时去遍访
陈永久屋里总是很整洁

有一次，我用
调侃的口吻问陈永久：
现在住起来安逸不？
他嬉皮笑脸地答道：
安逸。

回村偶记

李菁家的狗最先冲过来
似乎很兴奋，伸着大舌头
舔我的手。我摩挲它
黑亮的毛，比以前柔顺多了

记得刚来花鹿坪的时候
它龇牙咧嘴地瞅着我
我也总拿着棍子防备它

进村的时间久了
渐渐熟络起来，它把我
当作村里的熟人，有时
在田间相遇，还会
跟在身后，送我一程

选自王单单诗集《花鹿坪手记》
长江文艺出版社，2021 年 5 月

王家新诗集

《未来的记忆》

王家新，1957 年 6 月生于湖北省丹江口市。著有诗集《游动悬崖》《王家新的诗》《未完成的诗》《塔可夫斯基的树》《未来的记忆》、诗论随笔集《人与世界的相遇》《为凤凰找寻栖所》《教我灵魂歌唱的大师》、翻译集《保罗·策兰诗文选》《新年问候：茨维塔耶娃诗选》《没有英雄的叙事诗：阿赫玛托娃诗选》《灰烬的光辉：保罗·策兰诗选》等数十部；曾获首届中国当代文学学院奖、韩国 KC 国际诗文学奖、首届“袁可嘉诗歌奖·诗学奖”、2017 年“书业年度评选·翻译奖”、第三届“李杜诗歌奖·成就奖”等多种奖项。

王家新诗集诗选

什么地方

山谷中充满了雪，岩石开始裸露
就在我们去年走过的路上
开出了杜鹃

一声鸟鸣，廓开了整个天空
我们对尚未到来的事物说
来吧！我们在这里

生命是一道山坡
向阳的地方辉耀着阳光，那样明亮
但是现在
我们被冬天的精神充满
我们仍在山谷里走着

不知从什么时候开始
也从不到达

日　记

从一棵茂盛的橡树开始，
园丁推着他的锄草机，从一个圆
到另一个更大的来回；
整天我听着这声音，我嗅着
青草被刈去时的新鲜气味，
我呼吸着它，我进入
另一个想象中的花园，那里
青草正吞没着白色的大理石卧雕，
青草拂动，这死亡的爱抚，
胜于人类的手指。

醒来，锄草机和花园一起荒废，
万物服从于更冰冷的意志；
橡子炸裂之后，
园丁得到了休息；接着是雪，
从我的写作中开始的雪；
大雪永远不能充满一个花园，
却涌上了我的喉咙，
季节轮回到这白茫茫的死。
我爱这雪，这茫然中的战栗；我忆起
青草呼出的最后一缕气息……

和儿子一起喝酒

一个年过五十的人还有什么雄心壮志
他的梦想不过是和久别的
已长大的儿子坐在一起喝上一杯
两只杯子碰在一起
这就是他们拥抱的方式
也是他们和解的方式
然后，什么也不说
当儿子起身去要另一杯
父亲，则呆呆地看着杯沿的泡沫
流下杯底。

田园诗

如果你在京郊的乡村路上漫游
你会经常遇见羊群
它们在田野中散开，像不化的雪
像膨胀的绽开的花朵
或是缩成一团穿过公路，被吆喝着
滚下尘土飞扬的沟渠

我从来没有注意过它们
直到有一次我开车开到一辆卡车的后面
在一个飘雪的下午

这一次我看清了它们的眼睛
(而它们也在上面看着我)
那样温良，那样安静
像是全然不知它们将被带到什么地方
对于我的到来甚至怀有
几分孩子似的好奇

我放慢了车速
我看着它们
消失在愈来愈大的雪花中

塔可夫斯基的树

在哥特兰
我们寻找着一棵树
一棵在大师的最后一部电影中
出现的树
一棵枯死而又奇迹般
复活的树

我们去过无数的海滩
成片的松林在风中起伏
但不是那棵树

在这岛上
要找到一棵孤单的树真难啊

问当地人，当地人说
孤单的树在海边很难存活

一棵孤单的树，也许只存在于
那个倔强的俄国人的想象里

一棵孤单的树
连它的影子也会背弃它

除非有一个孩子每天提着一桶
比他本身还要重的水来

除非它生根于
泪水的播种期

外伶仃岛记行

外伶仃岛像一只走不动的船
永远抛锚在那里

涛声，拍打着它岩石的船舷

松树
椰子树
无名的花草
从它的石缝长出

在一个流亡者的诗中
或许也充满了裂缝

因而船上的争论会一直延续到
码头边的饭桌上

我们都在歧义中
划桨

冰钓者

在我家附近的水库里，一到冬天
就可以看到一些垂钓者，
一个个穿着旧军大衣蹲在那里，
远远看去，他们就像是雪地里散开的鸦群。
他们蹲在那里仿佛时间也停止了。
他们专钓那些为了呼吸，为了一缕光亮
而迟疑地游近冰窟窿口的鱼。
他们的狂喜，就是看到那些被钓起的活物
在坚冰上痛苦地甩动着尾巴，
直到从它们的鳃里渗出的血
染红一堆堆凿碎的冰……
这些，是我能想象到的最恐怖的景象，
我转身离开了那条
我还以为是供我漫步的坝堤。

记一次风雪行

驱车六十公里——
穿过飘着稀疏雪花的城区，
上京承高速，在因结冰而封路的路障前调头，
拐进乡村土路，再攀上半山腰，
就为了看你一眼，北方披雪的山岭！
多少年未见这纷纷扬扬的大雪了，
我们本应欢呼，却一个个
静默下来，在急速的飞雪
和逼人的寒气中，但见岩石惨白，山色变暗，
一座座雪岭像变容的巨灵，带着
满山昏暝和山头隐约的烽火台，
隐入更苍茫的大气中……
在那一瞬，我看见同行的多多——
一位年近七旬、满脸雪片的诗人，
竟像一个孩子流出泪来……

选自王家新诗集《未来的记忆》
江苏凤凰文艺出版社，2021 年 6 月

叶延滨诗集

《觉悟之心》

叶延滨，1948 年生，四川人。迄今已出版个人文学专著、诗集《觉悟之心》等 54 部。代表诗作《干妈》获中国作家协会优秀中青年诗人诗歌奖（1979—1980 年），诗集《二重奏》获中国作家协会第三届新诗集奖（1985—1986 年），其余诗歌、散文、杂文分别先后获四川文学奖、十月文学奖、青年文学奖等近百余种文学奖。作品自 1980 年以来先后被收入了国内外 600 余种选集以及大学、中学课本。部分作品被译为英、法、俄、意、德、日、韩、罗马尼亚、波兰、马其顿文字。

叶延滨诗集诗选

一滴墨水的蓝遇见一只火柴的光

世界就这么小
世界就这样不再寂寞——
当一滴墨水的蓝遇见一只火柴的光
也许比墨水更淡的是一滴露珠
也许比火柴更弱的是一尾萤火

小小的世界也会长大
一滴墨水变成无边无际的大海
蓝色的大海上明亮的太阳
莫不是曾经的那根火柴?

你没有回答我的问题
你只是让我把心贴近天文望远镜
啊，那蓝色大海包裹的地球
像一滴晶蓝的墨水
而那小小的太阳像燃烧的火柴头
发出殷红的光

世界真的就这么小
一滴墨水的蓝遇见一只火柴的光……

谢谢黎明

谢谢黎明，谢谢老朋友又一次
把我从另一个天地唤醒

昨天窗台上还有一堆残雪
像一个忘记飞翔的鸟丢下的翅膀

谢谢黎明，谢谢老朋友没忘记
照样给我一次新的惊喜

朔风尖利地拖着最后的暮色逃走
也扯走那个长梦的结尾故事

谢谢黎明，谢谢老朋友的问候
大家好，在阳光下所有的道路都伸直腰

我知道我最喜爱的工作就是开始
从黎明开始生命就像花蕾芳香

谢谢黎明，谢谢老朋友的提醒
我又想起英娜·丽斯年斯卡娅的诗句

“黑夜漫长——生命短促

我甚至没有力量睡醒”

谢谢黎明，谢谢老朋友的忠诚
让我每一天的生命是与你相约开始

也许再长的生命也长不过黑夜
也许最短的生命也应有个黎明

谢谢黎明，谢谢老朋友的相约
用阳光编织生活中的一切包括她的影子……

一棵树在雨中跑动

一棵树在雨中跑动
一排树木在雨中跑动
一座大森林在雨中跑动
风说，等等我，风扯住树梢
而云团扯住了风的衣角
一团团云朵拥挤如上班的公交车
不停踩刹车发出一道道闪电
为什么，为什么，为什么？
哭泣的雨水找不到骚乱的原因
雷声低沉的回答：我知道是谁
当雷声沉重地滚动过大地
它发现它错了
所有的树都立正如士兵
谁也不相信有过这样的事情

——一棵树在雨中跑动……

一千万美金

一匹好马，它站在这里
天高了，风轻了，白云飘不动了
修长的躯干，英俊的耳朵
发亮的皮肤，飞扬的鬃毛
最美是它绅士般的宁静
让我伸头触摸它的鼻额

这是在昭苏，天马之乡的马场
山高水长再加上丰沃草场
马儿什么都知道——
上帝把所有的美德才华给了它！
但它一定不知道，不知道
它的身价是一千万美元
是一所别墅再加一辆奔驰
再加一个经纪人和一堆娱记
再加豪华晚餐和镏金马具……
啊哈，那不是天马了
会变成马戏场上一头坏脾气的驴！
美德养成也容易啊
从不关心钱包开始！

与自己面对面坐下

与自己面对面坐下
没有茶，让眼睛对眼睛
让一条叫作回忆的虫子
钻进心最深的那个洞
是啊，那里有生命的年轮
一张加密的记录盘

生命其实就是一棵树
树叶让人们看到了
树叶是一生努力和尽职的记录册页
花朵让人们欣赏了
花朵是成功与幸运的奖牌
多一点，少一点
其实花朵与枯叶最后都从枝叶上飘落
神马都是浮云
云雨风雷都是树的命运
写入那年轮的波纹密码

不说年轮，与自己面对面
仰首望天，最远的是星星
最近的是露水，是哪颗星星的泪水?
低头看地，是流水是土地
是土地下那些让你的根受苦的顽石
别再说它们是敌人

石头让根系牢稳石头证明了树的分量
石头有多顽固啊树冠就有多宽大
沙粒很随和很轻柔
流沙上不长树连草都没有！

与自己面对面坐下——
心气朝上，根系朝下
命运向右，生活向左

一口气撑着就活

说身外之物是眼前的世界没毛病
没毛病的身外之物是高天厚土
没毛病还有繁荣的水泥楼宇
身外之物最没毛病大自然
草那个长啊，花那个开
露水清风在我的身外

说身外之物是身边的人们没毛病
没毛病就有亲情友情哥们情
没毛病的朋友转身成对头
对手的对手想来做朋友
翻脸快过翻书，斗恩成仇
鲜花荆棘全在我的身外

说身外之物是身上行头没毛病
衣衫里面还有皮肉和骨头

是皮肉包裹的柔情难舍
是骨头咬啮着的疼痛难忍
一口气撑着就活，活下去
这副身架还是我的身外

我是所有身外之物孤寂的驿站
驿站里只有一个梦游的过客……

选自叶延滨诗集《觉悟之心》
中国文联出版社，2020 年 12 月

田禾诗集

《窗外的鸟鸣》

田禾，20世纪60年代出生于湖北大冶农村。已出版诗集《喊故乡》《野葵花》《乡野》《窗外的鸟鸣》《田禾诗选》、散文集《红叶的私语》、诗歌评论集《有关读诗和写诗》等17部；出版英、俄、日等外文诗集9部。诗歌被选入400多部诗歌选本及大学语文教材。曾获第四届鲁迅文学奖、华文青年诗人奖、徐志摩诗歌奖、《十月》年度诗歌奖、扬子江诗学奖、刘章诗歌奖、闻一多诗歌奖、湖北文学奖、屈原文艺奖等40余种诗歌奖项。

田禾诗集诗选

江汉平原

往前走，江汉平原在我眼里不断拓宽、放大
过了汉阳，前面是仙桃、潜江，平原就更大了
那些升起在平原上空的炊烟多么高，多么美
炊烟的下面埋着足够的火焰
火光照亮烧饭的母亲，也照亮劳作的父亲
八月，风吹平原阔。平原上一望无涯的棉花地
白茫茫一片，像某年的一场大雪。棉花秆
挺立了一个夏天，叶片经太阳暴晒有些卷曲
我顺着一条小河来，手指轻轻抚摸河流的速度
上下游的水都以一种相同的姿势流淌
摘棉花的农民把竹筐放在河滩，走近一座石桥
河里的鱼翩然跃起，但河水还是来不及停顿
继续向前流淌，水中的落日可能被绊了
一下，没到黄昏就落了下去。这时候
远处村庄里，点起了豆油灯，大平原变得
越来越小，小到只有一盏豆油灯那么大
豆油灯的火苗在微风中轻轻摇晃
我感觉黑夜里的江汉平原也在轻轻摇晃

说书人

一根楝树的枯枝，横在院子里
说书人的故事里横着一把刀
英雄的前面横着一条河
鼓槌一落，接上回书，还是说隋唐
乱世之中，群雄并起
秦琼卖马，李密起事，罗成舞枪
半道杀出程咬金
说书人把一个朝代装在袖筒里
轻轻抖出，说，你们看，这就是隋
一个不起眼的朝代，一个短命的王朝
却出了那么多大英雄
接着惊堂木一响，英雄出场
一个死去千年的人奇迹般复活
但又会很快死去
英雄背着粮袋，寻找落脚的江湖
他们聚在一起，个个义薄云天
忽然，万马奔腾，旌旗猎猎
马蹄踩着密集的鼓点驰来
瞬时杀得人仰马翻，人头落地
虽然是故事，也吓得下面
猛一躲闪。听书人都木讷地坐着
但脸色变化忒快，不时欢笑
大声地叫好；不时掉泪，替古人担忧
审判官喊道：午时三刻已到

刽子手抡起了大刀
下面叫嚷着刀下留情。说书人于是说：
好，听大家的，抽袋烟再讲
于是让英雄又多活了一袋烟时间

晨　鸟

鸟从黑暗中飞出来
它的脖子已伸进黎明
后爪还抓着黑夜

鸟的叫声腾地而跃
以至扩散到整个天空

它轻轻扇动着翅膀
瞬间飞过熟悉的田野

在飞过村口的池塘时
影子斜斜地倒映在水中

最后飞向对面的山寺
穿越山顶的浮云
踩响了悬在古寺的钟声

父亲的油灯

夜晚来临，暮色深沉
父亲披着蓑衣从田野归来
他轻轻划一根火柴点亮一盏油灯
他怕火柴划断，浪费掉
一根火柴，只轻轻地一划

父亲养着一群孩子，还养着
一盏油灯。他把孩子越养越大
却把一盏油灯越养越小
他没有把灯火挑亮一些
他说，太亮了，费油。微弱的灯光
照见了他的贫贱和卑微

给灯火一间房子
父亲把光明装起来
他自己被一团黑暗吞噬
其实父亲就是我们家的一盏灯
不知在点燃灯盏的那一刻
他是如何吐出内心的光芒

白　发

老了，头上生满了白发

人老了容易激动
眼里常常挂满泪花
我进入了小雨夹雪的老年

衰老从白发开始，皱纹随后长出
身高明显比年轻时矮了一截
眼睛只能眯缝着看人
口齿不清，记忆渐失
手脚变得越来越迟钝
性格比以前安静了许多
喜欢躺在藤椅上打盹儿

白发长得像秋天的衰草
为了不让人看出我的凄凉
我把它梳得顺向一边
稍稍打一点光油
但我还是选择少出门
我走路有点儿晃，脚步有点儿飘
满头的白发太轻了，压不住

窗外的鸟鸣

通向山顶的台阶像一排锯齿
把黄昏一截一截锯短

那时我独坐窗前，听见学校
敲响了放晚学的钟声

窗户外面是山，远处是田野
更高处是白云擦亮的天空

鸟逆着风飞来，夹带着风的
翅膀，在枝叶间滑下

山路缠绕，树叶扑打着空气
鸟站在最高的枝条上鸣叫

鸟鸣的尾音拖得比扫帚还长
一扫林中的荒芜和寂静

船　娘

那条船划进了陈逸飞的油画里
穿蓝花褂子，裹蓝色头巾的
像青花瓷一样的女人
她们有一个共同的名字：船娘

船娘把木船娴熟地摇来
我们上船，船体向下一沉
船底的压水线猛然上升。船一晃
她把竹篙往河边的石头上一点
船很快稳住，立即听见
船橹划响水波的声音

船娘的生活，在一条水路上
铺开，吴歌昆曲唱起来
她身体向前倾，怀里抱着风
摇呀摇，船到目的地的距离
刚好一支昆曲那么长

她叫红喜、小莲、杏儿、秋香
或许不是，她一定有个好听的名字
我没去问，我更喜欢叫她船娘
她满身都是江南该有的模样
摇曳着身姿，把我
烟雨里的乡愁摆渡到梦的出口

选自田禾诗集《窗外的鸟鸣》
宁夏人民出版社，2020 年 10 月

冯娜诗集
《树在什么时候需要眼睛》

冯娜，白族，1985年生于云南丽江。现任职于中山大学。曾参加《诗刊》社第29届青春诗会，首都师范大学第12届驻校诗人。曾获全国少数民族文学创作骏马奖、华文青年诗人奖、广东省鲁迅文学艺术奖等多种奖项。出版有诗集《无数灯火选中的夜》《是什么让海水更蓝》《树在什么时候需要眼睛》等多部。

冯娜诗集诗选

树在什么时候需要眼睛

骑马过河没有遇到冬的时候
小伙子的情歌里雀鸟起落的时候
塔里木就要沉入黄昏的时候——
白桦们齐齐望着
那些使不好猎枪的人

壁　画

我不是着迷于那些壁画
而是着迷于那些古代的马、黛色的山
如何在人们心里复活

吞吃草叶的响动，也是此刻的空气
跑马的响鼻，拂到了人群中感到悲伤的一个
数百年无法折拢的线条
好似生活的艰辛

我不是着迷于飞天的凌空之姿
而愿意委身于一面兽皮的圆鼓
拍打它的人，不必知道我的来历
它回声嗡嗡，被汗水浸湿
我也曾猎捕、也被捕获
我跟随着人们的痛苦和享乐

人们也不是着迷于复活
而是从其他事物中感到了生命
除却繁星的赞颂
除却铭文的安慰
跟沉在心底的那口泥潭，一样深

垂　钓

垂钓是我和父亲之间的游戏
在寂寞的河流和湖泊之上

往往复复甩竿、提竿
收获前务必保持沉默的忍耐
——这来自童年的教诲，被风吹动的浮标
浸透了我长久的劳作

无数诱饵已被吃尽
灼烫的心，在海中一次次变得冰冷
我还在变幻莫测的洋流中垂钓，父亲
我还没见过一首诗腾起巨浪

它的尾鳍，如何用汉语写就

垂钓，比起向海中掷石头更需要意志
那些哭泣歌吟，那些嚎叫与怒吼
星群老去，船只速朽
眼神平静的父亲，在岸上回答着垂钓者的使命

再往深处驶去，去往风暴的中心
没有人再赞颂古老的希冀
我会听到 闻所未闻的庞杂声响
——它诉说着，我一生所垂钓之物
不过是 我的心

龟兹古国

在晾衣绳上晒得蜷曲的下午
在昏暗的洞窟
残破的壁画中，乐器还在弹拨
在一首不完整的和歌中——
我曾听命于我的佩剑：这里是龟兹
我将会隐身于我的夙愿：这里依旧是龟兹

那波斯曲调的水分
让我在某一个地方秘密地活着
战争、苦役、罪人的刀口，将我弃于沙土
智者在流放中，抵达了我丝绸的音律
劫掠者，在自己的贪婪中面壁——

我是壁画中最高的修辞
被剜去双眼的造像，赐予我更多的星宿

这里有更多不属于谁的酒酿、经文、烈马
在干涩的海盐中，我会过去
在一部会被读错名字的古籍里
消失在一个诗人的汉语中
——我存在于：龟兹

雾中的北方

清晨出门的人是我
一个从高山辨认平原的人

大雾就是全部的北方
即使在创伤中也只能试探它的边沿
我猜想它至少活过了耳顺的年纪
那些荨麻、棉花、呼啸沉进大地的钻井
都通通被施以迷途

我还是看见了北方的心痛
被铁轨攥紧松开松开攥紧
大雾弥漫
每一块好肉都钻心刺骨
过路的人是我
——说谎的人是我

秩　序

“我的诗把我困在自己里面”
克服自己，就像克服整个时代
看着他人的双手，捧着我一部分的心脏

说出地火，也说出灼伤
说出环形山，一个闭合的呼救
听我哭诉，只有眼泪是秘密的容器
——言语已经怜悯了它自己

为了你，我放弃了海洋中波涛的秩序
愤怒中的良善，像矿工一样在暗处挖掘
我认出他的可贵，他的眼睛在讲述
如同日出

我重建着被自己损毁的宫殿，浇灌
用手缝漏下的河流，我的诗曾把水装在罐中
为了把它们捧在手上
我接受了损毁

一种声音

“就像萨福、狄金森，终生只写一种诗”
——一个诗人对我说

一个人终生只播种一种作物，算不算好农夫？
他去过陌生的苜蓿地、亚麻地、水稻田……
扬花授粉的蜂蝶在他耳边嘤嗡
他拣选的种粒也拣选着他

有时，我饶有兴致地观看他制作竹器
看他心无旁骛削去蓬勃的枝叶
获得一个拙笨的容器

我不知道萨福如何挑选她的陶罐
狄金森将手垂放在有栅栏的花园
那些终生只为一种高音而练声的人
我得到过他们的阴凉

博物馆之旅

没有声音的朝代，超过了后代的理解力
一代人的器皿，保存着他们的雨水和心智
我相信重复，也是创造历史的一种方式
——或者，是众多的重复延续了历史

献身于某颗星辰和它不可知的轨迹是愚蠢的
相信星象坦荡则更加愚蠢
一行经文获得无数版本的赞颂
如今，隔着冰冷的钟罩
我们活捉了一个伟大国家的祷告

那些在旷野里逃窜的、在海峡溺毙的
罕见的、庞大的白垩纪物种
想象它们和我们一样目光发烫，辨认着未知的来客
来自地心深处的背叛
繁衍出岛屿、密林、始祖鸟多余的翅膀
此刻灯光盘旋，为它们注入新鲜的死亡

时间的暗道和窄门，被推开、掩埋
一尊远渡重洋的雕像
眉宇与我们相仿
而我们
我们正在为尘埃和海水的重量，争论不休

选自冯娜诗集《树在什么时候需要眼睛》
作家出版社，2020 年 12 月

吉尔诗集
《我从未与世界如此和解》

吉尔，本名黄凤莲，1969生于新疆，现居新疆阿克苏地区库车市。曾参加《诗刊》社第30届青春诗会，出版诗集《世界知道我们》《我从未与世界如此和解》。获首届“诗探索·中国春泥诗歌奖”，获第一届和第二届“塔河文艺奖”等。

吉尔诗集诗选

塔克拉玛干简章

沙浪滚滚，她精通毁灭、淹没
和一种巫术：
“幻梦中的大湖，崩塌的海市蜃楼”
在这里，死亡是最小的词

我，一个意外的坠入
“放出体内的豹子、老虎和忐忑”
我像我的祖父一样固执，像我的父亲一样坦荡
塔克拉玛干，墓园和聚宝盆的共同体
我爱鹰骨、枯木、干涸的河床
和它身体里的涛声

我知道，大漠深处盘踞的骸骨
和骸骨上的花朵
我知道，鱼鳞于无声中走动
我同样知道，一个只与自己对话的人
她内心的孤惘
就是一座塔克拉玛干

霍拉山下的葡萄园

霍拉山下的葡萄园
即将采摘的葡萄坠结在葡萄树的半腰
果农的妻子坐在三轮车一侧

后来，我想象了她的眼睛
葡萄核一样的底色、流溢出葡萄的光泽
和一双有着时光之美的手

这是一个安静的上午，我遇到的事物
都有着安详之美
红薯开着小喇叭花
沙枣挂满低垂的枝条，棉花就要开了
在一片废弃的葡萄园里
马匹和牛羊在低头吃草或打盹

这应是世界该有的样子
要知道，在静默的霍拉山下
每一粒葡萄
都是先知审视世间的眼睛

克孜尔

那时大地辽阔，时间苍茫

月亮是佛系的

那时人间慈悲，众生诵经
鸟叫、鹿鸣、虎啸都是悲悯的

那时悲苦的大地开满金黄的向日葵花
太阳普照众生的额头
来自东方的蒙古利亚人，西方的欧罗巴人
爱上龟兹的六瓣杏花
他们的信仰有着水一样的天赋
因此感化了石头

在克孜尔千佛洞
一个戒掉嗔念的人
可以听到壁画里的诵经声
一个心诚的人，可以听到晨钟暮鼓
和佛祖的点化

以水为镜，可以照见干净的灵魂
时光和月亮一样慈悲

只有这时

只有这时的人间是神圣的
月亮回到古代，流水穿过时间

伸出手，可以摸到光

一束一束的光来自不同年月
那里，有写诗的李白
也有写史的司马迁。一枚中国的月亮里
有月满西楼，万家灯火
一枚中国的月亮里有最好的民间

苍穹是一池倒置的墨水
零星是天空的灯火，此时
万物生灵安然有序
我在院中的梧桐树下，看光穿过密匝的树叶

有时，我在灯光下数树
从左到右，可以数到第七棵榆钱树
从右到左，可以数到第六棵榆钱树
这时，身体里有光的人
被银河的镜子照见，所有的孩童得以安睡

祖训

母亲做饭的时候
父亲把头晚泡在大条盆的高粱
捞出来沥水
母亲纳鞋底的时候
父亲开始扎扫帚

多年后，这情景成为我
所理解的最好的生活

坐在老屋的葡萄藤下，我听到百鸟归巢
蛙鸣成片
那时，我还不知道朴素以外的事物

我的母亲说过
头顶有神明，所以从来不敢冒犯
和不敬
这些年，不说谎不低眉
只有我自己知道
这安身立命的祖训有多重要

女人，抑或万物静谧

深夜用体温爱一个女人
爱她的偏执、信仰、暴雨和疯狂
她常常手脚冰凉。用词语取暖
拆分、组合。把珍珠和贝壳串成海水

她常常独对夜空，拽着时间的衣襟
看着剧本日渐荒芜，如同死去的尼雅

统治一个夜晚——
她从来就是个倔强的女人
骨子里流着苦难的血，她爱这个世界
爱她皮肤下的伤痕，那些街头小贩
钢镚里的生活

夜晚越来越短，她写得越来越慢
直到多种身份在她身上和解
直到雪豹和女人
住在同一具身体里。她饮下黑暗
——夜晚明亮，万物静谧

我从未与世界如此和解

我见过世上最清纯的月亮
在寒夜的苏巴什城，她长久停留
我看到世界黛蓝，佛教黛蓝，寒凉亦在黛蓝中
我们对着镜头等月光变幻——时间如河

我从未这样对月亮痴情
也从未这样内心柔软，在月光里飞翔

整个晚上我们都在等月亮升起，等她靠近古城
溟蒙中，靠近前世
我们拿走那一夜的月亮，卸下白日的苍凉
我们拿走黛蓝的手记，风吹醒亡灵

我们与这残城的寂静多么融洽
穹窿孕育，佛香聚拢
我们内心澄明
在这纷繁的人世仿佛绝尘而去

选自吉尔诗集《我从未与世界如此和解》
广西师范大学出版社，2021 年 8 月

吕德安诗集

《傍晚降雨——吕德安四十年诗选》

吕德安，诗人，画家。出版诗集、随笔集多部。绘画作品颇丰。自20世纪90年代起一直游居美国和中国至今。新近出版诗集《傍晚降雨——吕德安四十年诗选》。

吕德安诗集诗选

晨　曲

我原没想到，我竟然拥有一所
自己的房子，院前一大堆乱石
有的浑圆漆黑，从沃土孵出
有的残缺不全，像从天而降

四周弥漫着房子落成时的
某种寂静，而它们是多出来的
看了还让人动心：那满满一堆
或许能凑合把一道围墙垒成

但如果你不知道这些，路过时
猜不出它们出自何处——却偏偏
只晓得一句老话：点石成金
那么你怎能将我的心情揣度

啊，原原本本的一堆乱石
我想先挑出一块，不论它
是圆是缺，或是高兴或是孤独

我们真心真意，它就会手舞足蹈

无　题

今天，我仍旧可以拿出一个比喻
把它放入一只猫的老虎形象中
当它终于跳出那些坛坛罐罐
又跳出昨天的一天，那变坏的

一天，那一定是落日的缘故
昏暗中，我看见它眼睛里的山脉
起伏着退向一片虚无
而肉体仍在厨房歇息，在桌上

一架搅拌机旁。我伸手攥住尾巴
不让它从此消失在夜里
我擦掉它映在瓷砖上的老虎爪印
如拭去一则象形文字。啊！顽固

又安静——它就像在寓言中
睡觉前总要出门一趟
而我，一旦我将它提起又放下
心情愉快，它就会如愿以偿

无　题

唤来三个陌生的石匠
其中一个是老伯，老愚公。
他们知道如何用石头
在房墙边另砌一面墙。

天降下石头。我在窗子里。
但我坐下写作却也能通晓
里里外外的事情：老人做了
下手。无力的缘故以及年龄

在这里正在受到尊敬——他
用来端水以及搬零碎石块
把它们填入墙心和墙缝
大块小块都落在实处。

我想起“正直”这个词。
我们是同村人，我想。
虽然从邻村到我的厨房
他们得走很长一段路。

三个自由的合伙人在劳动
享用着不尽的石头。我写作
键盘的声音伴着垒石升高。
我说的也正是脱口而出的。

土　豆

农民在幽暗的地窖里摆弄
把一只只圆鼓鼓的麻袋竖起
咕隆咕隆地尽数倒进桶里
啊，沉甸甸的一桶金币

原来它们是一些土豆
一股卑俗的种子气味
只是被施加了变化的魔术
不是还原而是变多

“土豆，土豆，”她低声喊
因为同样古老的事
也发生在她的陋室——
在她翻来覆去的梦里

啊！沉甸甸的一桶金币
放在心里却是明白的
因为那最先渴望的
最后总要去实现

但他仅仅是一个农民
必须再垦出一片新地
为她早已预言在先
也为那些真正的土豆

草　坪

也许我的草坪还包括蜿蜒地
伸向北边的那块荒杂地
中间一条现成的小径
底下一汪池塘，三十米见方

隐约可见，都在篱笆内
又几乎为视野所不及
而我踌躇满志，一样地不着边际：
“你可以在这里漫步，从早到晚。”

我看到了生活喜剧性的一面
它一会儿晴天，一会儿台风
刮得人心甫定；我甚至喜欢池塘
洪水过后留下的累累乱石

但这些都是冥冥之中的事
更好似在这荒芜的大自然里
存在着一个父亲，依旧和蔼可亲
而我必须听从这样一个死者：

“事情是每一天的”——这声音
依旧像三十年前的他，不同的是
那时他从裤袋里摸出一把钞票
恶狠狠地摔在桌面上，指使我

要不去偷去抢，或至少应该学会
如何成家立业。我并没有学会什么。
我只是望着自己的年龄。现在我
才突然觉得那是他平凡一生里

最智慧的一刻——之后再没有大声吼过
之后有着一个长长的空白
似乎叫人来不及理解
因而也不需要回答

今天，就在那条现成的小道上
虽然踩着相似的落叶
我的心里却充满爱：
我的草坪也许还包括蓝天

傍晚降雨

一整天都在炎热中逃避，直到傍晚
传来阵阵雷声，接着起风下雨
直到雨真实地落进山谷
让几乎枯竭的溪水充盈
形成所谓的山洪，我们才意识到
一点儿现实，才听见有人在某处弯道上
隐隐约约地喊。而另一处暴晒了三天
用来扎扫帚的茅草花穗，要叫人来
把它尽数搬移已经来不及

事实上附近并无一个确实存在的人
只有洪水在白天的黑暗里轰响
而我坐在厨房里歇息，喝着水
看着鸟从窗前飞过，一只两只
看着雨落下，落在一个个盲点里——
我以为这个世界再也不会发生意外
可是当我疯子似的跑进雨幕
脚踩着滚烫的石头，发现自己
竟是如此地原始和容易受惊
几乎身不由己

选自吕德安诗集《傍晚降雨——吕德安四十年诗选》
北京联合出版公司，2020 年 12 月

江非诗集

《泥与土》

江非，1974年生，山东临沂人，现居海南。著有诗集《泥与土》《传记的秋日书写格式》《白云铭》《夜晚的河流》《傍晚的三种事物》《一只蚂蚁上路了》等。曾获华文青年诗人奖、扬子江诗学奖、屈原诗歌奖、徐志摩诗歌奖、海子诗歌奖、丁玲文学奖、茅盾文学新人奖等。

江非诗集诗选

过桥的人

一个过桥者和一场大雾
在一座桥上相遇
雾要过桥，过桥的人要穿过浓雾
到桥的那边去
于是他们在这座古老的桥上相遇

于是过桥的人走进了雾里
去了桥的那一边
雾经过桥，也经过了这个过桥的人
在桥上，他们没有彼此停留
也没有相互伤害

于是，这样的事情每年秋天都会发生一次
秋天，雾来了，过桥的人
会同时出现在桥的另一端
雾和过桥的人，会相互让让身子
各自走到桥的另一边

雾和过桥的人，就像从不相识
雾和过桥的人，就像从来都不愿在一座桥上相识

泥与土

我到过很多地方
但只在我故乡的田野上挖过黏泥
我把黏泥从沟渠的壁沿上挖上来
反复摔成坚硬的泥块
捏成泥碗和泥人，然后又捏碎

我到过很多田野
但只在我故乡的田野上翻耕过土地
我把那些田地整块整块地翻开
我记得有一次我就躺在那露天的
新土上嗅着田鼠巢穴的气味睡去，我醒来又睡去

野蒺藜

我的土地上已经没有狐狸，狐狸已经带着它的尾巴走了
我的土地上已经没有斑鸠，斑鸠已经带着它的草窝走了
我的土地上已经没有灰雁，灰雁已经带着它的叫声走了
我的土地上已经没有谷物，谷物已经带着它的谷仓死了
我的土地上还有一丛野蒺藜，野蒺藜没有离去
一丛野蒺藜为我留在了这里，让我低头坐着时
还能时常记起曾有许多事物被安置在这里

用它们的眼睛孤独地看着这片土地

都是同一种东西

我曾和毛豆在一起
但他把自己装进了一个篮子
我曾带着陀螺在田里闲逛
但他把自己藏进了一个草垛

我曾抱着槐花一直睡到天黑
但她跳进一条河流走了
我曾和木墩在月亮下说着话
但他把自己塞进了一个盒子

毛豆是我小时候喂大的一只兔子
陀螺是和我一起长大的一条狗
槐花是我给她草吃的一只小羊
木墩是我从小在一起的玩伴

篮子、草垛、河流、盒子
都是同一种东西
都是指埋葬他们的那座
小小的坟墓

认识那看不见的

去认识那不是隐藏的，那看不见的
去面对一只山羊，那只回头时漆黑的羊眼
去那条路上走走，只是走着，什么也不干
把心里装满沉沉的压舱石，走得慢一些
试试所有的办法，看看能否从树的右面绕过去
别去砍它，那棵树
它站在那儿是在等你，它没有挡你的路

我们的灯

我们的灯照不到那么远
刚好照亮一块够生活的地方
父母、儿女和孩子坐在灯下

我们的路也走不到多么远
刚好能走到田野
我们挎着祖母灰色的篮子
坟地，也不是很大，坟头
也不是很高
刚好够一只无声的麻雀栖落

刚好够一块手帕包走
在路边的灯光下拿出来看着

又一个世纪快过去了
我们依旧孤单地从自己的怀里
掏出我们深藏的事物
在每一个日子反复地看着
看着，却不哭
也不让别人哭出声来
我们为别人，准备了另一盏灯
它在后院的杏树上挂着，彻夜地亮着

我的母亲告诉我

我的母亲告诉我，每一个孩子
都是母亲手里的蜜糖
放在手心里，要先舔一下，才忍心吃掉

我的母亲告诉我，每一个家
都是母亲手中的旧物
一封读了又读的旧信，放在枕头下
一到黄昏就轻轻拿出来

我的母亲的每一个孩子
都是她见过的最好的田野
我故乡的田野
从中国到叙利亚的田野
波浪一样的土地
在星光下起伏
一件慢慢起皱的衣服

一只热乎乎的铁熨斗
被手深夜拿着，小心地熨平

我的母亲告诉我，好的日子
要和它忠实地肩并着肩走路
要长久地去敲打一件事物
在这人世上
要听听那个女人是不是在夜里哭
是的，她在家里
哭

另一只手

偶然地，你会
触碰到另一只手

当你在饮料店
接过一杯咖啡时

在收银台前
你接住几个找零的分币时

偶然地，你会感到
那些手小心的体温

在那些手无意地缩回时
在你的手羞涩地收回时

在一只手带着渴望抓住你时
在一只手突然从你的手里垂下时

偶然地，你会记起
那些举着的手，失望的手
插在冷灰中的手

那些曾经为你缝过纽扣的手
那些再也不能为他们的孩子
缝补纽扣的手

偶然地，它们会在睡梦里
或隔着厚厚的泥土
和档案馆冷冷的围栏
碰碰你的手

选自江非诗集《泥与土》
长江文艺出版社，2021 年 5 月

汤养宗诗集
《三人颂》

汤养宗，闽东霞浦人。出版诗集《去人间》《制秤者说》《一个人大摆宴席：汤养宗集1984—2015》《三人颂》等多种。曾获鲁迅文学奖、丁玲文学奖诗歌成就奖、福建省百花文艺奖、人民文学奖、《诗刊》年度诗人奖、储吉旺文学奖、新时代诗论奖等奖项。部分诗歌作品被翻译成外文在国外传播。

汤养宗诗集诗选

三人颂

那日真好，只有三人
大海，明月，汤养宗

向两个伟大的时间致敬
——写给“中国观日地标”霞浦花竹村

两个伟大的时间，一生中
必须经历：日出与落日
某个时刻，你欣然抬头，深情地认定
自己就是个幸存的见证者
多么有福，与这轮日出
同处在这个时空中
接着才被一些小脚踩到，感到
万物在渐次进场，以及
什么叫被照亮与自带光芒
另一个场合，群山肃穆，大海苍凉
光芒出现转折

仿佛主大势者还有别的轴心
落日滚圆，回望的眼神
有些不舍，我们像遗落的最后一批亲人
面对满天余霞成为悬而未决
认下这天地的回旋
大道如约，接纳了千古的归去来
这圣物，秘而不宣又自圆其说
保持着大脾气
万世出没其间，除此均为小道消息

有的地方，只有诗歌能去

大车有大车的好，高速路有高速路的好
几千人同乘一列高铁，你会说
更好。但是
有的地方只有自行车能去。车型
甚至不是时下城市里流行的共享单车
独自中你有一个人的好
那里无法天下熙熙，生命的幽径
神仙也忘了它的僻静
一谈到一扇门便要合上，再谈
荒凉的足印已被擦掉
其他的时光其他的路标
好像都是不算数的
那里，与新鲜的人世走的不是同一条路
而因为你，寂寞却时常在低声喧哗
是的，只有你的单车可以抵达

那里，我有一桩旧事等着你来
听，这是谁在说：哦，你来了！果然是你。
你瘦窄的身体恰如诗行，刚好可以侧身而过

大水谣

我命大水汤汤，大水头顶流淌
来自天之青藏，授我宗教，给大地主张
帝国的江河总是西发东流，立命，立言，立身
伏随大势，狮虎咆哮，日出东方
寄命于万代水脉，仰望天恩潺潺
大水势同破竹，我命柔肠百转
我一世态度陡峭，一决再决，忙于倾泻
深信流水就是父母心，得水就是得道，向东方

我为什么非要做一名诗人

棉加上花。铁加上锈。再加上一个人
为什么非要做一名诗人
这问题老让我想到那只热锅上的蚂蚁
什么地方不能讨生活
非得到那面锅盖上走来走去
难道凡是烫脚的地方才是有温暖的地方
难道你就是那个
宁愿被莫名的香气一骗再骗却不知脚下有火的人

天马山斜塔

倾斜是一门心事。继而进入传说
说有另一条遗世的垂直之线
用于度量光阴的法则。
在这里，一个人的身姿终于战胜了八卦
并保持着大脾气
半倒的心扶住风中一切摇摆的事物
而护法的手自有天地在帮忙。
微暗的火说着半途而废的时光
许多铁石之物早已夷为平地
何为不败之身？永恒的奥义惊现惊险的斜度

渐老颂

无非是山道变成水道
无非是，顽石点头，坏脾气改换心有不甘
无非有人从天而降，说没有天不明白的事
无非，我去你留，寄或不寄
春风太磨人，让我渐老如匕

虎跳峡

真是苦命的来回扯啊，我一直活在

单边。另一半。这一头与那一头。
同时：够不着。同时偏头痛。
请允许我，在人间再一次去人间。
允许狂风大作，两肋生烟，被神仙惊叫
去那头。
拿命来也要扑过去的那一边
去对对面的人间说，我来自对面的人间

报恩寺古钟

没有一种存在不是悬而未决。在报恩寺
我判断的这口古钟，是截取众声喧哗的鸟鸣
铸造而成。春风为传送它
忘记了天下还有其他铜。天下没有
更合理的声音，可以这样
让白云有了具体的地址。树桩孤独，却又在
带领整座森林飞行。这就是
大师傅的心，而我的诗歌过于拘泥左右
永不要问，这千年古钟是以什么
力学原理挂上去的。这领导着空气的铜。

一寸一寸醒来

一寸一寸醒来，一寸一寸的身体
渐渐明白，曾经的欢乐都旧了
我与大地之间的契约大部分已经解除

新的梦与旧的身体在握手言和
早年的小名与老去的大山水
已经不再对立，达成
你就是我我就是你
内心喧腾的流水，越来越清澈见底地
被头顶的星河吸走
体内一片空地上，七八只麻雀
正在悠闲觅食，享用谁的
仁慈与宽厚，多么好的
喜相聚，对应着多么好的归去来
一寸一寸得知，自己已得到
时间的安顿，越活越爱
用一寸一寸的爱，爱着这一寸一寸的明白

我私下里养了那么多东西，十只老虎，一只蚂蚁

私下里我养了那么多东西
十只老虎，一只蚂蚁
遥远的天边几颗具有私人小名的星星
那群神出鬼没的蓝鲸
太平洋洋面上今年第某号台风
一罐月光，取于山顶上枯坐的夜晚
总有个声音在威胁我
说：我要杀了你
我说慢，我把我养的一样样拿给你看

结果这人就改了口，说错了
我不能杀你，我也杀不死你。

诗歌给了我这一生一事无成的欢乐

诗歌给了我这一生
一事无成的欢乐。对，是欢乐
但好得接近于空空如也
我乐此不疲，有点
自以为是甚至无中生有
说到此
我的眼泪流了下来
对，我怀抱冰火但又大而无当
做得孤绝的事就是抓空气
这李白他们也认为至高无上的事
每一把都抓到
被叫作万世弥漫的东西
张开掌心细看：全无

选自汤养宗诗集《三人颂》
太白文艺出版社，2021 年 8 月

祁人诗集

《和田玉》

祁人，1965年生于四川荣县。当代诗人，中国诗歌学会创建人之一，“诗歌万里行”总策划。1993年任中国新诗讲习所培训中心主任，1994年与张同吾二人创建中国诗歌学会，2001年出席第五次全国青创会，1998年加入中国作协，2004年发起“诗歌万里行”。著有诗集《命运之门》《鲜花与墓地》《掌心的风景》《和田玉》等。主编有《中国诗人大辞典》《汶川大地震诗歌经典》。代表作有《命运之门》《和田玉》《天上的宝石》《爱情》等。

祁人诗集诗选

我的太阳

我的太阳啊
我的永生永世的爱人
在天涯在海角
在沙漠在戈壁
我跑遍了所有的地方
在天底下
也找不到一片树荫
躲避不了你的光明

你的炽热的嘴唇
吻我黝黑的胡须
吻我单薄的身体
吻我冻结的热情
那时候，我感动得
流了泪

我坚信
活着

你会爱着我
我死了
你也会把思念
栽成一束太阳花
守护在我的坟头

我的太阳啊
我的永生永世的爱人
生前能够在你的阳光下奔跑
死后就能够在你的阳光下长眠

命运之门

偶然之间
你轻轻一推
命运之门便启开了

人生一如既往
无暇顾及往日的一切
比如红豆般的相思
比如绿叶般的心事
比如大海中颠簸的船只
比如载着船只漂泊的流水
比如……一切
一切都在命运造访之前
严阵以待

偶然之间
或者于想象之外
你轻轻一击
岁月之河便解冻了
命运之门
亦然洞开

明　天

明天是一种象征
永远昭示我们
活下去的勇气

明天是人生的下一站
是一种内在联系
于前方频频致意
明天是彼岸
朦胧或清晰
保持一定的距离
永远在水一方
明天是你走后
与归来之间
我殷切的期待
明天是一个日子
明天挂在日历上
明天伸手可及

当我们沉浸在睡梦中时
明天已睁大眼睛
昭示我们
醒来

门

门敞开或者关闭
门有形或者无形
作为门，这些都无关紧要

作为门
不在乎它的结构或形式
无论泥石与钢铁
无论肉体与心灵
作为门，总是你通向另一途径的
必经之地

无论有形或无形
无论敞开或关闭
对于门
智者选择这样的方式
在脚步迈出之前
灵魂就先于脚步
深入其内

和田玉

——献给母亲与新娘

当我穿越帕米尔高原
看见一只普通的和田玉
是那么地像母亲的眼睛
她的纯粹、内蕴和温润
令我怀想起遥远的故乡
想起故乡的天空下
那一丝母亲的牵挂

今生，我无法变成一棵树
在故乡永远站立在母亲身旁
当我走出南疆的戈壁与沙漠
为母亲献上这一只玉镯
朴素的玉石，如无言的诗句
就绽开在母亲的手心

如今，母亲将玉镯
戴在一个女孩的手腕上
温润的玉镯辉映着母亲的笑颜
一圈圈地开放在我的眼前
戴玉镯的女孩
成了我的新娘

为什么叫作新娘？

新娘啊，是母亲将全部的爱
变作妻子的模样
从此陪伴在我的身旁

感恩——有赠

昨夜赴友邀约，品 7+2 原浆酒，醉眼蒙眬而归。晨起，小记于此。

所有去过的地方
都是好地方
哪怕多偏远哪怕多凶险
总有最美的角度
构成眼中最美的风景

所有相识的人
都是值得遇见的
无所谓好人无所谓坏人
那一次一次的遇见
就丰富了短暂的今生

其实，这世上
原本没有什么哀怨
更无须彼此仇恨
许许多多的雨雪风霜
都是轻飘飘的
爱将抚平所有岁月的伤痕

世间最珍贵的是
在相见中或正离别
不必说爱你，也不说不爱你
只需摸摸自己的胸膛
默默地深深地感恩

冬　至

最长的夜
与最冷的天
接踵而至

有一些寒气如剑
呼啸而过
有一些雪花温柔
轻拍肩头

唯有爱，如埋藏的种子
在向下生长着

它积聚着力量
只待一场雨的来临
便破土发芽
势如破竹，与春天呼应

选自祁人诗集《和田玉》
中国文联出版社，2020 年 12 月

远心诗集

《我命中的枣红马》

远心，本名赵娜，“80后”。中国作家协会会员，中国评论家协会会员。文学博士，南京财经大学新闻学院副教授。2018年获得内蒙古文学创作“索龙嘎”奖。出版诗集《一条草游蛇的故乡》《我命中的枣红马》。诗文主要发表在《中国作家》《作品》《诗歌月刊》《中国诗歌》等。

远心诗集诗选

我命中的枣红马

我一直在这里等你，我命中的枣红马
曾经的黑被你眼底的风情镀亮
早霞和夕阳烧融你的金色双翅
爱和毁灭把鲜血融进你的色泽
你的鬃颈和眼底的雄光

任何嘶鸣都不能牵绊你
我只有歌唱，拉响马头琴的两根弦
一根绝望，一根遥望
我是无以逃遁的地母
遇见你赠予你刺伤你喂养你
却不能和你一起飞翔踏遍未知的大地

还未发生的，如何预警
你奋蹄疾驰，让尘土飞成光轮
你忽视一切存在一切遮蔽一切细微的生命
你把自己置于屠戮与厮杀的现场
脸上露出宁静的笑靥，抿紧双唇

我爱你抿着嘴唇的样子
青髭略浮在唇上，唇线微微翘起
你初涉世的样子，在母亲的视线里
母亲怎样娇纵了你的青春
让那奔驰之力延续到无物的荒野
与天宇间雷光星云的奥秘对垒

我放开了手中的缰绳
一匹野马的魂灵注定与无边的野草共生
而我不是野草，不是草原
我是一座不会移动的山丘
站在你出发的地方

我已悄悄地走过很多四季
为了走到你马蹄到达之地
日复一日，置备粮草和精气

厩　中

这几乎没有可能
让一匹野马入厩，厩中

将养健壮的骨骼和马膘
双眼时而沉静时而奔腾
马蹄辗转，轮换叩问地面
当月圆时，仰天长嘶
一匹骏马的脖颈拉长

返回更古老的物种
孤独的白骆驼、戈壁、沙漠、水、白骨
一路上的经历慢慢浮现
眼底混浊，若有所思的头颅
装着龙的记忆。骆驼在时间赛道上奔驰
伸长脖颈，成为它自己
飞行的古船，在沙海
所有的字都是沙粒，骆驼踏沙飞行
沙粒裹挟沿途的风
沙粒追赶着骑手
所有的词都是飞行的沙
被骑手的马鞭狠狠敲打
在真正的骑手面前，写手垂手而立

像一匹野马入厩，厩中
那几乎没有可能

草原深处

站在草原深处
我能复活谁？哺育谁？
谁能征服我？温暖我？

冬至过后，寒气蛰伏
入骨，母亲的怀抱遮掩
泪流成冰
大黑河凝固，一面铜镜

映照大雪纷飞

在哪里止息
呼出零下二十度的寒
遇到空中无数洁白的晶体

干草在子夜化作木箭
射向冷寂，星星颤抖
爱情、母亲、浩荡的天空
流过万马奔腾的大地

银色的嘶鸣

我碰到黑马的嘴唇
在九眼桥边，黑色嘴唇微张
比黑色眼睛更柔软
比抚摸的指尖更坚定
我摸到一声银色的嘶鸣

我缩起脖领
在骤然而起的锦江的风中

一盏铜灯，像生锈的马镫
或许真到了扬鞭的时刻
马鞭对着空荡荡的道路
饱满的天空，以及湍急的河水
巨龙一样腾跃冲撞堤坝

我的堤坝被你黑色的眼睛顶撞
一团白雾在水花里飞溅
我随你内部的激流向东，向前
向无限的黑海之远
我仰卧于黑水的奔腾
手中的缰绳，早已交还你
——我的黑马

你微张的唇边
我摸到一声银色的嘶鸣
闪电一样卷上南天

这就是我的土地

这是我的土地
站在这里，我心里那个我复活
科尔沁，锐利的箭，今夜
在哈撒儿古城，三月十五的月光下
白雪一般飞翔

落进哈撒儿王宽阔的胸膛，我的王
我心中永生的蒙古勇士
胸膛能容纳千万箭矢，至此融化
坠落，千万朵常开不败的花朵

这是我的土地，是的，今夜

我枕草而眠，我的王苏醒
这厚厚的草甸，是大地制造的婚床
长风如烈马，奔腾在雪白的月光下

这就是我的土地，我的蒙古高原
八百年城墙饮醉了额尔古纳河水
八百年屹立不语的科尔沁部敖包山
今夜，将我收揽入怀再沉睡千年

选自远心诗集《我命中的枣红马》
作家出版社，2021年8月

苏笑嫣诗集

《时间附耳轻传》

苏笑嫣，蒙古族，“90后”。作品散见于《人民文学》《诗刊》《星星》《青年文学》《民族文学》等刊物；出版诗集《时间附耳轻传》、长篇小说《外省娃娃》等个人著作九部；获第三届中国青年诗人奖、《诗选刊》中国年度先锋诗歌奖等奖项；部分作品被译介至美国、日本、韩国、新西兰等海外刊物。曾参加《诗刊》社第36届青春诗会。

苏笑嫣诗集诗选

我信任未曾说出的所有

我锁骨上的桃花先于春天开了
你引领我走入不再归还的暗流
我们真的在冬天的身体里了吗
放眼望去　一片叶子跟着另一片叶子飘摇
一个人跟着另一个人走进风中

“为什么这个傍晚和其他的傍晚如此不同？”
夜幕在我们的身后垂落　爱挂在清凉的露水之中
鸦群飞起的时候　我们仰望夜空
你的手是王国　新的沉静从那里诞生

生活无疑是宏大的　我们也都曾见过命运颠覆
迷失的时辰里我们款款漫行　树梢在动
所有的话语都吹散在风中
总有云朵隐匿着雷声　我们不知道是哪一朵
也总有岁月的刀　会划过苍茫顾盼的前路

然而月色是刚刚好的　夜与时间都静静停伫

当我站在你身边　你听见了吗　我生命里的
花朵、火焰、暴雨、寒冬和所有寂寞的呼声
把你的沉默、恐惧、忧伤、希冀也交给我
连同哀叹和高傲　艰辛和孤独

天黑到心里了　哪怕是一点点爱点亮的一点点灯
都足以让我们站在彼此的身后
对于那些来不及相识的岁月和分道而行的
日后的可能　也都值得去谅解与宽恕
那么冷了　那么多的人事都退却了　你还在
那些沉默中的未尽余言　也就不需要再多说了

风暴燃灯者

突如其来的闪电抓紧房屋
雨点猛敲，如上半年密集的恐惧
这是星期四的夜晚，你从日记里
写过无数次的那条小路回家
更多的汽车仍在河流中回旋，如同
童年澡盆里的模型玩具。三楼窗外
银白色的大江在天空奔流
但窗内，空气恒定，几只黑色小虫
用力扒住灯罩，固有的抵御
每一场风雨都漫不经心
力量却足以使雨刷忙碌于摆动
这徒劳的反抗，多么令人疲惫
零落者困于潮头，被风暴的拍打所占据

其下生活的混凝土却仍然坚实
安全就是反复受潮
向时间递交不断续签的协议
还有多少债务需要偿还
还有多少未卜的裂隙需要售后处理
除了流水，什么都未曾远逝
房屋完整、牢固，钢筋贯穿如同脊椎
在你敲敲打打、生出锈迹的身体
你深知每一处灯光都是一处不幸
为永恒的风雨所冲刷
它们越过虚假而枯燥的社交辞令
有的脱落如怆然的细屑
有的皑皑，时刻准备着承受袭击

无声告别

在岁末的冬日，一切都应该被原谅。
包括悔恨与伤痛，包括你我各自的懦弱。
今天我走了长长一段路途，
和短命的太阳一样顺应了天气。
今天我伫立在冰冻的河边，长久地沉默，
像惨淡的影子一样，我重新感到心平气和。

无须把失而不再复得的时光拿出来，反复丈量。
在期待之上，在我们对自己重复的谎言之上，
我们曾受到了怎样的迷惑：手造一个幻影，
将生活的梦境，寄托于对方的身上。

受雇于激情的潮水领受了回去的路，街道安静，
记忆是一颗掏空的心上沉重的硬壳。

只有不断增长的寂静——这已然太多。
寒风毫无缘由地撞击在我身上，太阳继续走它的路。
冰冷的时间穿过我们时，陌生的路途已遥遥在望。
——多么快，生活的囚徒已被遣送到明日的边缘。
无须穿过玻璃来向我告别，
当我独自走在泥泞的雪地里，
苍鹭悲伤地在水边嘶鸣，一遍又一遍。

寂静的众国

那盛大的背景不会再重来一次
当生活犹如滚动的灰尘，成团地覆盖
桌椅、地面、脸庞，厚过整个居室
谁还会记得茂盛阳光下的伊甸乐土？
记得曾有欢快的笑声在暧昧的浓荫下跑来跑去？
假日的傍晚，日影消退，你坐在阳台上憧憬
书本里的19世纪，当年少的男子
撞上怦然心动的一朵白裙
激情喷泉般闪耀
春思如梦，在花影浅淡的震颤里
你想起自己也曾有过火烧云般摧枯拉朽的青春
滚烫的太阳，急遽的狂风暴雨
欢喜和痛楚都从骨髓中来
坠落和奋飞都有着最大的诚意

像狮子被关于牢笼，燥热中困倦地打着哈欠
这个八月，唯有沉沉的暮气
桌上的书籍顺从于墙壁之阴影
你能感到那些字迹是如何被缓缓抹去
从不回首的人们走进仁慈的光线
在楼下的小路上
他们看上去筋疲力尽，且不需要悯恤

夜来秋雨

夜来秋雨使你醒来两次，但没有起身
树叶簌簌，掉落如阳光之金色球体
一个个爆破。落地成鱼。侵肤的凉意

使你确认夏末已被征服，最后的热度
从玻璃大楼的反光上猝然滑落
命运的风声加紧，阡陌愈加错乱纵横

在九月的清晨，你感到无边的蓝色迷雾
雨水擦拭风景，因劳作而无处藏身的人们
忍受着必然的寒冷。昨晚，在梦中

你见到一个已不可能再见的人，如同某种征兆
她赠予一张未知地点的机票
雨使不真实延续，发潮的外衣寂寞更深

有时，你想，裂痕必然是一种明亮
秋天的飞起和下坠是同样一种宽广的寂寥
所有的日子在雨中相互混合，并抹去

你再也无法说清的那些东西。在此之外
阳光依然像盼望的某种告解
静穆并慈悲。你希望你的心就是这样

沉默，安宁，不需要被看见
但拥有宽敞的安慰
道路在等待，雨在洗礼，行进的车
在默然中继续着谨慎的滑行

选自苏笑嫣诗集《时间附耳轻传》
长江文艺出版社，2020 年 11 月

李云诗集

《一切皆由悲喜》

李云，安徽怀远人，“60后”。作品散见于《人民日报》《人民文学》《中国作家》《诗刊》等数十家报刊；有作品在《人民日报》《人民文学》征文获奖并入选多种年鉴和选本；著有诗集《水路》《一切皆由悲喜》《巨变》等多部；曾获安徽省政府文学奖等多种奖项。

李云诗集诗选

梯子抑或其他

摘星的手指竖起　梦想的心墙
支着一架黑白键交叠的琴　如果它不像梯子

一切美好企盼在被一寸寸地点燃
蜡烛的基座下的铁轨　驶来足音
如果它躺下一定是担架或单身床的表情和侧影

最初愿景悄悄地被寄存在高处
总想用鸟的目光鸟瞰一切 可能唯有这样才能吻到幸福的丹唇
遗憾终生的事　是你两肋永远生长不出一双翅膀

把握和拥有高音区的天空是如此之难
比从岩石里用火逼出稀有金属还要难
冶炼这古老的手艺　空格子——陶范的初始
存放文字或放飞鸽子还有青铜　肯定还有什么储存在此
这些不是我要告诉你事件的全貌

我要说的是天总在下雨　破坏了你一次次攀登的计划
你只好苟且地说：我上去不是要眺望远方
只是要换掉那片破瓦和椽子　屋子总在漏水

最后，你终于从烟囱里爬到顶上
青烟一样扶摇直上　当回头望去
梯子已经朽烂　时光之神失神的打量
一切化为乌有

再最后，谁无语凝噎

天——天晴得很难产
再最后　梯子和你就没有了
最后

音乐厅的清晨

退潮后，裸露的不仅是企鹅冻死的模样
椅子　还有拭擦泪水的手纸似残破的羽毛
依稀有呐喊及掌声　拍打礁石的面庞
已逝　漶散　湮灭在黑沼泽

乐池空荡　放生池里没有哭泣的鱼和欢笑的蛙
唯有池底散落松香、残弦、哨片、笛头和铜号上剥落的锈

帷幕上静电暗流反复传诵四个乐章

全部内核　蝌蚪和蝴蝶潜入绒布的内心
在木纹　石壁　玻璃的骨隙开出花朵
中板　慢板或快板　昨夜这里一切声音
匍匐、攀缘、流动、驻足于谐谑曲或小舞步曲

都看不见了　聚光灯在梦的深巷里遇到盲者
独眼巨灵等来的生日礼物是一只启开不了的铁盒
这是第三乐章第三小节的内容吗　我不知道

而此刻，吸尘器是唯一的独奏乐器
吸走票根、歌剧说明书以及半根指挥棒
高跟鞋的断跟、雪茄的烟灰、脏口罩和坏了的手机护屏
更多的是废话、情话、假话、荤段子　我们当下语言的总和

穹顶上　在一丝一缕落下什么和一缕一丝
上升什么一样　让人迷恋和迷茫
倒置的漩涡在吸这里仅存的暖意和人气

只是阳光进不来　中央空调送来的不是
晨曦清新的风　这偌大空间里看不见的水
正在被彻底地挤干　一只失去水分的橙子

蜗牛不再迈步　森林里一只大耳朵
木耳来到都市　在阳光下慢慢收缩或内敛
夜晚它将会被称为音乐的液体再次泡发涨开

我徜徉在一个耳蜗里　一只失聪的
戴着助听器的虫子　在彳亍而行

暮色重

天色的色相衰老与沧桑同在左右面颊和额头
最酽浓的色泽氤氲在眸子的深处和心跳的初始

碑林的断碑与晚钟里的鸦鸣　纷飞的落木
我的皮肤上镀满了一层沉重如我另外生存的肌肤
他内心的佝偻比他的腰身佝偻还要严重

脱不下的肉身是一座将要坍塌的塔
无声无息伫立在渐老的风尘中

驯象记

盲人只能摸象　驯象师要耳聪目明
大象无形 小象正在过河

我听到次声召唤，一道道闪电从地心传来
惊悚　我知道我的大象有了脾气和怒火

和它谈上三天三夜的心和它沐浴溪河又三天三夜
刷象牙和皮肤，请它吃香米团和野蕉
请来檀香和经书　红衣僧人也来了
我让我的大象倾诉完前世今生的苦难和欣喜
陪着它欢笑或流泪　泪腺发达　雨季来临

我请它静　——安安静静下来

最后我把大象安顺地牵回家园

沉吟少顷　这才恍然大悟
我牵的是自己的心象
原来我是我的驯象师

魔术师

没有高高的礼帽和长长的燕尾服
它只是静默在那里　等
等春光

啁啾舞蹈　鸟
四处走动　白云
唯有它不动声色
攀岩者行动前那样默视
上援的路径

没有道具的遮掩
举着赤臂和赤诚之心

一缕春风终于拂面
它忽然就捧出一树白鸽子

春雷春雨后

它又把鸽子变得无影无踪

玉兰树好像就是这样

定型术

你的心情和你的任性
没人能管得了

把木头打成桌子和椅子
让铁变成刀和勺子
土烧制为陶罐或杯盏
砌个四方形的屋子
风进去后就成了四方形
如果是筒裙样的
那风就是圆的

最有意思的是你
用玻璃做了许多瓶子
把水盛进去
水就成千姿百态的样子
大腹便便的或瘦削的
妖冶的或苦难的……

水做梦都想回到小河那里去
其实
小河的形态是水最需要的

茶 山

被驯服的草木之心，蓬勃。绿波荡漾
水漫茶山，兰香扑面，俯瞰和仰视一样
伤精耗神，颈椎和指骨隐疼，阴天下雨该多好
茶农没有这样说，晒架喜欢阳光诞生

所有爬上梯田的人，都是鱼。停下手上动作
指纹都会在绿汁里窒息，溺水。十指和双眼
被绿唱绿。

我知道跟在采茶女身后，不会沉沦。
清明的春光正媚，穿针引线一样，浸入颅顶和肺腑
采茶小调是思凡的药引，圣洁的生死
等着生火的粗木柴此时焦急，点火的烟头丢在
去冬的路口，山神庙颓废的墙，香火已断

山泉流水，叶片舒展
淹没和沉浮，平和冲淡，提神醒脑
此山功不可没，老树新芽

选自诗集《一切皆由悲喜》
太白文艺出版社，2021年8月

李元胜诗集

《不确定的我》

李元胜，1963 年生于四川武胜，籍贯四川叙永。著有诗集《无限事》《昆虫之美》《中国昆虫生态大图鉴》《不确定的我》等多部；有作品入选各种年度诗歌选本；曾获鲁迅文学奖、《诗刊》年度诗人奖、人民文学奖、十月文学奖、重庆市科技进步二等奖等多种奖项。

李元胜诗集诗选

给

我记得，就在这棵树下
我们讨论过未来

那一句被打断的话
重新想起来时，已经满头白发

在我们之间，还有很多事物
来不及衡量，或者测量

你说，我在你脸上看到一座空山
但是无路可循

是的，无路可循，岂止一座山
这棵树下的所有已无路可循

它像一个抬腕看表的人
只不过，使用的是另一种时间

就像我路过它，你用日记写到它
而我们已经不在同一个钟表里

毛边书，或缙云寺闻《九溪漫步》

午睡，在一本喜欢的书中
我拥有的空地边缘全是灌木
就像这本书，边缘全是毛边

九条溪水经过
就像九种命运，要在此刻经过我
只有一条突然欠起身来

它认出了我，缓缓地围着我旋转
以深山里的方式打量我
辨认着我身上的深潭和飞瀑

很久，它才离开
继续自己的旅行，惊讶于
我的木讷，我的无动于衷

我的木讷，是另外一种老泪滂沱
甚至更老，更滂沱
我已经有了
这么多的不敢相认

唉，每一次相认

都让我们各自的旅程中断
像这条溪水，退出这本书
退出空地，退出灌木
回到各自挣扎已久的宿命中

油松的旅行

出发的前夜，我舍不得合上
一本画册，它翻开着
像栅栏被意外打开，从宾馆的台灯下
那些油松开始了狂奔

这繁星下的一夜啊
沁水两岸，全是疾行的巨人
我们到达前，它们终于回到
灵空山的悬崖之上
满头大汗，浑身枝条空空

多么熟悉的旅行，无数次
从那些翻开的诗集中
我低着头出来，从乌鲁木齐
从哈尔滨，由北向南，昼夜不停
就是这样的过程中
我丢失了自己的松果

寻茶记

一棵茶树的落日
一辆路过它的公共汽车的落日，有什么不同？

这个熟睡的人，他的时间
和他手机显示的时间，有什么不同

是我们共同之处，还是互相警惕着的不同
雕刻出这一个具体的自我

相信有更多的未知
不能改变的是，我和所有事物保持着时差

在不断下沉的茶席
我回到了曾经的上升和停顿

一杯茶把我们暂时挽留，它是苦涩，也是甜美
是昔日的遗书，也是情书

禅房习字图

毫无准备地，整个尘世
突然悬挂在他手腕上
禅房微微颤动了一下

那些从墨，从漆黑的空虚中
提起来的笔画
那些不甘心的骨头
终究要被重新按回纸上

爱过它们的人
早已渡过了银河
而我们仍旧滞留此间

他写啊写啊，走失百年的羊
一只又一只
跌跌撞撞地回来

一刀宣纸
可作汉字隔世的羊圈？

同样在滞留中
墨的孤独
拥抱着纸的孤独
而我们的孤独各自不同

他放下笔
低下来的天空触及远山
此刻之外，人间恍若茫茫留白

圣莲岛之忆

一个诗人，一个住在语言的寺庙里的人
在湖边写诗
一枝荷花箭刚好穿破水面

他和它有什么不同？
不过是各自提炼着毕生的淤泥

曾经的游历教会了他们提炼的技巧
忍耐的技巧
从破旧的身体进入晨光的技巧

荷花是否记得它的太空之旅
诗人必定不知当初曾如何上岸

清晨，两个茫然不知自己出处的物种
在湖边开花
满足于眼前的精彩时刻

上苍啊，在如此卑微的生命里
继续着千万年来的沙里淘金

陈子昂读书台

我们写作的时候
是什么，在经过我们？

我们活着的时候
是什么，在经过我们？

一个时代枯萎了，或许
不是枯萎，只是经过了我们

宇宙中那永恒的电流
有时以屈原之名，有时以李白之名

这个被选中的下午，这些
被电流选中的书写之手

沿着台阶徐徐而上
他们都是他没见到的来者

选自李元胜诗集《不确定的我》
重庆大学出版社，2021 年 6 月

李少君诗集

《诗歌读本·六十首诗》

李少君，1967 年生，湖南湘潭人，1989 年毕业于武汉大学新闻系。主要著作有《自然集》《草根集》《海天集》《应该对春天有所表示》《诗歌读本·六十首诗》等十六部，被誉为“自然诗人”。曾任《天涯》杂志主编、海南省文联副主席，现为《诗刊》社主编，一级作家。

李少君诗集诗选

春天里的闲意思

云给山顶戴了一顶白帽子
小径与藤蔓相互缠绕，牵挂些花花草草
溪水自山崖溅落，又急吼吼地奔淌入海
春风啊，尽做一些无赖的事情
吹得野花香四处飘溢，又让牛羊
和自驾的男男女女在山间迷失……

这都只是一些闲意思
青山兀自不动，只管打坐入定

西湖，你好

风送荷香，构成一个安逸的院落
紫薇，玉兰，香樟，银杏，梧桐
还有莺语藏在柳浪声中
正适合，散步一样的韵味和韵脚

正当沉浸于苏堤暮晚的寂静之时
我和对面飞来的野禽相见一惊
相互打了一个照面，它就闪了
松鼠闻声亦迅速蹿进了松林萱草里

还有十几只禽鸟出没于不远的草地
它们已将西湖当成了家园
分成好几个团伙各自觅食活动
我一过去，它们就四散而逃
只剩下一只长尾山雀大摇大摆地漫步
池塘边的鹭鸶和我皆好不惘然

所以，近来我有着一个迫切的愿望
希望尽快认识这里所有的花草鸟兽
可以一一喊出它们的名字
然后，每次见到就对它们说：你好

巴黎夜事物

比起宽敞的塞纳河
那些藏在幽深处的溪流更迷人

比起笔直的林荫大道
那些曲里拐弯的小径更神秘

比起灯火摇曳的咖啡厅
那些公园里的长椅更适合爱情

比起开阔平坦的广场
那些街道的角落里
会响起更多的叹息声和惊叫声

清　明

这一天注定细雨霏霏，或春光明媚
这一天青草萋萋，树木肃穆
这一天青草萋萋，树木肃穆
这一天水寂寞无声，山等候着前来扫墓者

这一天，沿途皆迷幻，似曾相识
老者和孩子，旧识与新人，死者或生者
都被春之魔力从各自角落吸纳召唤出来
每一个皆有缘者，每一个都仿佛亲人

这一天可以思前顾后，告往知来
借一场大哭卸下包袱，轻装出发
这一天可以穿越阴阳，抹平差距
蝴蝶白日盘桓坟地，燕子暮晚按时返回檐巢

这一天是一切交接、轮回和中转的平台
前乃冬之风霜背影，后为春之轻盈步履
一边是哀泣与祭祀，一边是踏青与高歌
悲伤与喜悦同一刻发生，酒醉催促高潮

这一天，神和鬼私自默契
应允许诺万物以安宁清静
这一天，天和地亦商量妥当
要启用这一天来达成一个世上的大和解

珞珈山的樱花

樱花是春天的一缕缕魂魄吗？
冬眠雪藏，春光略露些许
樱花则一瓣一瓣地应和开放
艳美而迷幻，音乐响起
万物在珞珈山上依次惊醒复活

珞珈山供着樱花如供养一位公主
此绿色宫殿里，唯伊最为美丽
娇宠而任性，霸占全部灿烂与光彩
迷茫往事如梦消逝，唯樱花之美
闪电一样照亮在初春的明丽的天幕

珞珈山上，每一次樱花的盛开
皆仿佛一个隆重的春之加冕礼
樱花绚丽而又脆弱，仿佛青春
年复一年地膜拜樱花即膜拜青春
春风主导的仪式里，伤害亦易遗忘

偶遇风或雨，樱花转瞬香消玉殒
然一片一片落樱，仍飞舞游荡如魂

仍萦绕于每一条小径每一记忆角落
珞珈山间曾经或深或浅的迷恋者
因此魂不守舍，因此不时幽暗招魂

和父亲的遗忘症做斗争

回忆，是父亲生命延续下去的通道
遗忘，则是愈来愈可怕的一个塌陷黑洞

所以，我要乘高铁不断地回家
一次又一次地提振父亲的记忆功能
和他加速的遗忘症做斗争

在父亲的记忆深处，排在第一的是亲人
因此，他会一遍又一遍地询问儿子们的情况
现在哪里，工作如何，身体可好
然后是孙子、孙女和媳妇们

同样重要的，还有荣誉
每次，他都会搬出他的各种获奖证书
在我面前一一历数人生的辉煌时刻
告诉我每一个证书后面的故事

父亲每隔十来分钟，就会把同样的话题重复一遍
我每回答一次，就会更有信心
父亲的记忆之河还未干涸，还在绵延不绝……

摩 擦

身体一生都在与时间摩擦

有时会擦出火花
偶有动心乃至动情的瞬间
虽然短暂亦如火花一闪

有时则会擦出火焰
呈现星空一样的绚丽
沉淀为此生美好记忆

也可能会擦成火灾
浓烟滚滚伤及全身
严重者遍体鳞伤甚至屋毁人亡

但大部分的时候
身体是在与时间的摩擦中逐步老化
眼花了，背驼了
腿疼了，人老了
身体渐渐在与时间的摩擦之中
磨损报废

敬亭山记

我们所有的努力都抵不上
一阵春风，它催发花香
催促鸟啼，它使万物开怀
让爱情发光

我们所有的努力都抵不上
一只飞鸟，晴空一飞冲天
黄昏必返树巢
我们这些回不去的浪子，魂归何处

我们所有的努力都抵不上
敬亭山上的一个亭子
它是中心，万千风景汇聚到一点
人们云一样从四面八方赶来朝拜

我们所有的努力都抵不上
李白斗酒写成的诗篇
它使我们在此相聚畅饮长啸
忘却了古今之异，消泯于山水之间

选自李少君诗集《诗歌读本·六十首诗》
长江文艺出版社，2021 年 6 月

李满强诗集
《萤火与闪电》

李满强，“70后”，甘肃静宁人。高中时代开始诗歌写作，出版诗集《画梦录》《萤火与闪电》等三种，随笔集《陇上食事》。曾获“黄河文学奖”“《飞天》十年文学奖”等多种奖项，曾参加《诗刊》社第24届青春诗会。鲁迅文学院第十九届中青年作家高研班学员，中国作协会员。

李满强诗集诗选

梦中三日

第一日用来见面。第二日
我们喝酒。登山。一起采集星光
与众峰比肩

第三日就用来告别吧
十里长亭，小酌一杯，作鸟兽散
余生陡峭。后会无期

整理骨头

坟墓打开的时候，他忽然停止了哭泣
曾经壮硕高大的父亲，现在只剩下几块骨头
像叶子落尽的树，躺在阴湿的黄土里

请来的阴阳师傅，开始细心地为父亲整骨
头骨、长骨、短骨……啊！
他看到了父亲宽大的手掌骨，童年时

那曾击打过他的屁股，又摩挲他头发的手掌
现在只是一些被风吹散的断枝：
没有了温度，也失去了重量

给父亲迁完坟之后的夜里
他把自己脱了个精光，在床上
辗转反侧。左手紧紧抓住右手
用力拿捏着自己——

时间已是中年，他开始提前
为自己整理骨头

内心博物馆

每个人的内心
都是一座藏品可观的博物馆：

有人收藏黄金，也收藏羽毛
有人收藏灰尘，也收藏星星

有人收藏了刀子和道路
有人收藏了落日和陷阱

而我迷恋于收藏一些过期的火车票：
收藏着半生途经的山川与河流——

我怎么会忘记？那每一次离开和抵达

火车都会爆发出一声撕心裂肺的长鸣

迷恋一些虚无的事物

他们说，你看，
那就是氧气，是青铜
是鹰隼的翅膀
我抬头，寂静的天空里
空空荡荡

但我相信氧气存在着。青铜的骨骼
仍在继续生长
星空还在我们的头顶闪耀
闪电的花环
正在白云的内心编织

还有一个字！
我不说它已经很久了。即使
在酒酣耳热的时刻
更多时候，我几乎以为
它在人类的字典里已经失踪

但我又分明感觉到了它的存在——
这些虚无的事物
看起来一无所有
却能给我们以长久的安慰

旅行箱

亚麻色的旅行箱
没有上锁的旅行箱
不安地站在书房一角

偶遇者的名片
几张废旧的车票
似乎从来没有被掏空过
磨损的小轮上，残存着
异乡的气味

它曾经装满了对道路的新奇和忐忑
划过清晨的街道。曾经
被不停地搬动，挤压，曾经
借用过汽车、火车、飞机的
假肢。获得短暂的今日

时至中年，旅行箱
还在深夜里不肯睡去
在它的开合之间
站着两个完全陌生的人

一条铺满虫鸣的小径

黄昏时候，我独自走上
城郊一条幽暗的小径
那些尖叫的汽车，头颅高耸
且在夜晚闪光的怪物们
都迅速隐退在身后的虚空里

我并不迷恋它们。这时节
有细微的虫鸣，从不远处开始响起
似乎一种古老而庄严的欢迎仪式
随即，是更多的鸣叫声
在晚风中，铺满了我将要途经的道路

偶尔会有树叶落在肩上
我会为之战栗，并放缓脚步
当我厌倦了人们之间的谎言
就没有什么能够阻止两种孤独的事物
在黑暗中相逢，互赠心跳和萤火

活　着

当我活着，我仅仅是
我的一部分。亲人是一部分
粮食和天气是一部分

盐和钙是一部分。词语
是一部分。星空和祖国
是另一部分

黑脉金斑蝶

我曾豢养过老虎
野狼和狮子，在我年轻的时候
我以为那就是闪电、刀子和道路

不惑之年，我更愿意豢养
一只蝴蝶。它有着弱不禁风的身躯
但能穿过三千多公里的天空和风暴

漫长的迁徙路上，它们
瘦小的触须，每时每刻
都在接受太阳的指引

在我因为无助而仰望的时刻
黑脉金斑蝶正在横穿美洲大陆
仿佛上帝派出的信使

选自李满强诗集《萤火与闪电》
广西师范大学出版社，2021 年 3 月

杨克诗集
《我在一颗石榴里看见了我的祖国》

杨克，1957 年生于广西，现居广州。著有诗集《杨克的诗》《有关与无关》《我说出了风的形状》《我在一颗石榴里看见了我的祖国》等 12 部、外文诗集 8 部、散文随笔集 4 部、文集 1 部。诗文收入《中国新文学大系》《中国新诗百年大典》等 400 余种选本。获英国“剑桥徐志摩诗歌奖”、罗马尼亚出版版权总公司“杰出诗人奖”、广东鲁迅文艺奖、首届双年十佳诗人奖、第十二届《上海文学》奖、第九届冰心散文奖之散文集奖等多种奖项。

杨克诗集诗选

苏东坡

他在前朝有两个老哥
一个是仗剑寻仙的李白
恣肆壮游，在酒杯里纵饮月光
另一个是小十一岁的老杜
诗口一开就是暮年

唯他生性放达独步天下
把坎坷逼仄的日子
过成了超然自适的宽敞岁月
芒鞋竹杖，拎几两五花肉
洗净，少水，慢炖，焖酥
精心烹制东坡肉，东坡肘子
有滋有味地抿一口自酿万家春

日啖荔枝三百颗，据说不是自己吃
是剥给朝云吃
他心宽体健，像肥胖溜圆的河狸
不停开挖河道

穷其一生用树木、石块和软泥筑堤
一再汇聚数公顷的湖泊

一肚皮不入时宜
却无沉郁顿挫，而豪气干云
月夜徘徊，也自得其乐
胸中有琼楼玉宇，管它阴晴圆缺

前不见杭州、密州、徐州
后不见颍州、儋州、惠州
文二代子由，亦齐步八大家
民间还为他杜撰一个小妹
名贯江湖

宦海浮沉云水苍茫
他进退悠游，豁达从容
巨石压顶，他书写石压蛤蟆体
哪管乌台诗案倒苏之声鼎沸
身心光明奉献赤壁双赋

发明油腻一词的大叔，
善品茶，善绘怪石枯木
天下从此有东坡村、东坡井、东坡田
东坡路、东坡桥
雪泥，鸿爪，大江东去

浪淘尽千古风流人物，卷起千堆雪
三千年就一个率性东坡

仙游寺遭遇白居易伏案疾书长恨歌

像一只激情难抑的蝉，彻夜不停抖动
仙游寺，子夜伏案的县尉
在诗的鸣叫中，脱去躯壳
蜕变为语言王国的皇帝
心旌摇曳的恍惚中
眼前的楼观渐渐灰暗起来
两个赤裸的灵魂急疾扑进华清池
唐朝的皇帝老儿和贵妃
如同臣民，听从他文字的调遣
坠落的欢愉和生命欲望
沿着一行行诗的路径
将一场蹙眉尴尬的离合悲欢演绎为良善的至爱

神游八极的想象是有边界的
生活才是文学的最高主宰
欲仙欲死的是人，不是词
在神启的精神漫游中
皇帝和妃子的轨迹牵引着他的思绪
他依旧是臣子，如同小吏
记下玄宗对爱妃的宠幸
他的命重合了他们的命，雌雄同体
他幻化为明皇和妃子，身体与
心境，忽而抛上云端，忽而跌入谷底
长歌当哭乃至撕心裂肺

在秦穆公之女弄玉与萧史相爱之地
他的想象也许还掺杂了更遥远的男欢女爱
好友王质夫说：可歌可泣啊！

何以不早朝，御印是天，天子盖哪都行
就是盖到似水柔情时不行
长恨短爱，不过是七律与五言
乐天深于诗多于情，唯有大手笔润色
爱的灰烬复燃，先帝和娘娘的肉身
方能永生为两座丰碑

天长长不过情长，莺鸣草长
仙游寺是原点，手机正涌动一首诗的流量
是乐天创造了皇帝和妃子的传奇
还是他们的情爱成就了他诗的巅峰
敞亮的唐代，才有此大胸襟
包容芝麻小官铺排皇帝的糗事
诗不朽，霓裳羽衣包裹的凝脂不腐
天空的铜镜里，唐明皇杨贵妃正飞升而过
寺院竖立毛体狂草《长恨歌》诗碑
一代天骄手书至半掷笔于地
此恨绵绵无绝期，云端坠下一对男女

绷断的弦，戛然而止

新桃花源记

灼灼桃花
像一滴滴溅在树上的
爱情的血

少年鲜衣怒马，举步生风
辜负了夹岸的粉颜
枝头上环佩叮当，招摇十里春风
一朵红，黯淡了千山

仗剑天涯的翩翩公子
拱手一别，花开花谢孤寂千年
直至桨声咿呀
葛衣麻巾的武陵渔郎，摇醒
别有洞天的世外桃源
哪一抹笑靥，是转世的桃花
哪一步盛放的，是前世的羁绊

桃花劫桃花债，命犯桃花
涉水复涉水，逃逃逃，逃到烟之外
春风江路上，不觉到仙家
桃花髻桃花腮桃花眼
终于安心这不寻常的山水
桃花的精魂月白风清
漂洒遁世了无牵挂

而今武陵溪上，骤见你临水梳妆
桃花乱落如红雨
问津亭，豁然台
姑娘含羞，桃花也含羞
触碰了我内心的那一念
若是桃花开了你不开
姹紫嫣红也是苍白

此时，南山依旧嵯峨在远天
东篱的菊花怡然自得
我写下的诗，就是夷望溪和厮罗溪
漂落的桃瓣
流到仙源陶氏族谱，第二卷第十六页
一回头桃之夭夭，灿若云霞
落英缤纷的此刻
记起我是五百年前负了小姐的书生
庄周的蝴蝶在梁山伯的身体醒来

风扛下了所有的罪

起风了，没有人会懂风的心思
一片云化成雨，从生到死
风扛下了所有的罪

人们总是觉得，疼痛
才是身体最真实的感觉

而死亡只是屏蔽
思想，没有知觉的终结者

无地自容

一杯茶冲了五次，没有了茶香
也失去了清水的甘甜
如同爱情，当所有的酸甜苦涩都淡了
水尽处，茶渣即是解脱

我的味觉，连水杯
那最初的滚烫都忘记了？

选自杨克诗集《我在一颗石榴里看见了我的祖国》
江苏凤凰文艺出版社，2021 年 10 月

杨森君诗集

《石头花纹》

杨森君，1962年出生于宁夏灵武磁窑堡；著有诗集《梦是唯一的行李》《上色的草图》《砂之塔》（中英文对照）、《西域诗篇》《沙漠玫瑰》《石头花纹》等多部。曾获宁夏第五届、第六届文学艺术评奖诗歌一等奖、银川首届贺兰山文艺奖成就奖。

杨森君诗集诗选

黑皮石头

在一块黑皮石上
古人刻下了他们的马

在一块黑皮石上
古人刻下了他们的舞女

在一块黑皮石上
古人刻下了他们的孩子

在一块黑皮石上
古人刻下了他们的寺庙

在一块黑皮石上
古人刻下了他们射杀的猎物

在一块黑皮石上
古人刻下了他们的羊群

在一块什么都没刻的黑皮石头上
我放下了一束狼毒花

猎　手

猎手射杀过的盘羊、土獾与鹰
不计其数
否则
他就不配做猎手

猎手
从没有放弃
追逐
一只可能存在的猎物

当他放倒一只豹子
下一个目标
又会在他心中出现
至于
是一只什么猎物
事先猎手并不知道

这只猎物就生活在草原上
不排除是一只
连猎手都没有见过的猎物

以至于

当遇见它时
猎手并没有马上开枪
而是
先欣赏完
猎物
光滑的皮毛
才扣动了扳机

大风冈遇鹰记

我的面前落着一只鹰

一只落在地上的鹰
看上去不大
如果我与它的距离再远一点
我会把它看成是坐在旷野上的一个人

一只鹰
此刻在想什么
在它的眼里
兔子是猎物
在猎人的眼里
它是猎物

我曾这样形容一只鹰
当一只鹰看见地上奔跑的猎物
它如一件锋利的铁器

从天空中俯冲而下

此时，这只鹰
是安静的
也许，正是因为它的安静
火媒草
不经意间掉下花籽
羊肝子石
允许了一只蝴蝶落在上面

巴彦浩特之狼毒花

一株狼毒花
在众多的花草中
是耀眼的

它会时常被人想起
整个夏天的红与白
是这样的——

单独看它们的时候
你不知道喜悦是从哪里来的
你会忘记仇恨与哀怨

你会重新爱上
坐在你身边的女人

无论这个女人
是你的妻子，还是女儿
你会发现
此前的爱
只是开始

古老的阿拉善之谜

并不是只有廊檐下歇阴凉的僧人
才把空山里的一座寺庙
当成归宿

我猜想，还有盘旋在寺院上空的老鸹

并不是只有前来广宗寺拜佛的信众
才把升腾的香火
当成祈福的仪式

那些远处的人，那些赶着羊群的人
同样熟悉先祖的遗训

并不是只有蒙古族人
才把贺兰山
当成神山

一只摔下来的岩羊
把它当成神的祭品，便不会有人怜悯

并不是当地人
才把阿拉善左旗的石头
当成大地的舍利子

有人为石从远方赶来
有人为石背井离乡

并不是只有牧民的后代
才把月亮当成一桶羊奶

我也曾坐在营盘山上
对着夜空发呆

在银根苏木

一只黄羊的出现
有些突然
起先，我怀疑它不是一只黄羊
而是一个精灵

慢慢地，我相信了
它没有异样

时间是正午
阳光烧烤着地表
无名的灌木

伸出枯枝
有的挂着干花，有的
已经光秃

黄羊的警惕
可以理解
它正在靠近我
它的年岁不大
眼圈有些干燥
空旷让它显得有些消瘦
它有与人相似的孤单

我尾随着它，并没有捕捉之意
我尾随着它，又目送它

天是慢慢黑的
红色的光与沉沉的地平线
渐渐融合
它们安顿秋虫入睡
也接纳了一只黄羊的消失

选自杨森君诗集《石头花纹》
阳光出版社，2021年4月

邱华栋诗集

《编织蓝色星球的大海》

邱华栋，1969 年生于新疆昌吉。著有诗集《光之变：邱华栋编年诗选 1986—2008》《光谱：邱华栋三十年诗选（1985—2015）》《邱华栋诗选》《编织蓝色星球的大海》及小说集、电影和建筑评论、散文随笔集、游记等 100 多部。多篇作品被翻译成日文、韩文、英文、德文、意大利文、法文和越南文发表和出版。

邱华栋诗集诗选

属于你和我的月亮

属于你和我的月亮
是你洁白的双颊
它在我的呼吸里闪耀
并让我成为一朵红云

属于你自己的月亮
一共有两朵，左右对称
皎洁，明亮，阴暗，跳跃
在我们之间布下了陷阱

“我是火，我的胸前也有火
你不要把它夺取，它会烫手
让你的手心变形
成为残缺了故乡的地图”

你的月亮，我的月亮
是你洁白的双乳，在我们之间
奔跑成白兔的模样

让我看见白雪在纷飞

现在，属于我们的月亮，两个月亮
多么美，不只是这一个夜晚
还有更多的时日属于你
我们一起啜饮这黑夜里的甘泉和月光

空 白

看不见你，在我的身边有空白
空白感过去没有，过去是踏实的存在

空白有时候是好的，有时候并不好
空白 就是不存在

就是你已经离开了
我呼唤你，你也不再回来

空白，是虚空，是空虚
是空，是白，是无色

同时还是痛楚的满
空就是满，是痛苦的满

我应该把你比作什么植物

我应该把你比作什么植物？
比作雪莲花？比作小甘菊，还是花苜蓿？
你纯然的蓝色，纯然的黑色
纯然的白，你比聚花风铃草还要坚韧
比刺头菊还要热烈
比异子蓬还要明亮
比柳兰还容易成活，容易被我所照看

我应该把你比作什么植物？
比作高山龙胆？比作戟叶鹅绒藤，还是五福花？
你热烈的舞姿，清新的歌喉
美丽的顾盼，你比天山翠雀花还要骄傲
比麻叶荨麻还要难以接近
比腺齿蔷薇还要精致
比野草莓还要亲切，耐心地被我照看

我应该把你比作什么植物？
比作中亚天仙子？比作天山羽衣草，还是毛蕊花？
你洁净的梦，被黑色的乌云笼罩
你单纯的红，比山蚂蚱草还要柔软
比簇花芹还要稳固
比裂叶山楂还要醒目
比淡枝沙拐枣还要甜美，并被我采摘

我应该把你比作什么植物?
比作小花荆芥?比作黄花软紫草,还是垂花青兰?
你遥远的呼唤,一声坚定的期盼
使岩石都松动了,你比丝叶芥还要善良
比耳叶补血草还要实用
比林生顶冰花还要柔媚
比四裂红景天还要葱郁,并成为我的明灯高地

最轻的触动

最轻的触动 是风中的花朵
是花朵上的露珠
是羽毛跌进大海
狂暴,面向深渊而又无比幸福
仿佛最柔软的歌声
铺过早晨的羊群

那个时候你刚刚苏醒
睫毛上散发着青草的香气
那最后一枚黑夜的碎片
在你的手上轻轻滑开
发现我的同时
你和我被阳光一同推进了黎明

我们都心存感激
面向江水,背后是山林
大地在树木的根下面延伸

壮丽的火焰在地壳和心的最深处汹涌

我的歌喉是不败的黄金
托起花朵，走过白昼
南方之北的马 是我们的坐骑
让它们像一阵狂风
吹散我手掌上凝聚的乌云

没有任何一声雷鸣
比我和你相互的注视
那样的触动更重，也更轻

我们还能不能回到原初

我们还能不能回到最开始的地方
在那里，我们是两个新人
像世界刚开始在我们面前展开
像一朵花正在开放
像一只鸟刚刚张开了翅膀
我看见了你，那么明亮
像我唯一的、唯一的新娘

我们还能不能回到最开始的地方
在那里，我们是两个孩子
单纯得如同一粒沙子
或者一条好奇的鱼
在清澈的水里激荡

你看见了我，那么健壮
像你唯一的、唯一的新郎

我们还能不能回到最开始的地方
在那里，风在为我们歌唱
而树木都在为我们生长
我和你，一个棒小伙和最美丽的姑娘
张开了期盼的眼睛把未来张望
前面是什么都无所谓
我们一定会互相搀扶
走在路上，要走到地老天荒

我们还能不能回到最开始的地方
在那里，我拉着你
你跟着我，我们走在大路旁
说着，笑着，是真正的一对儿
把路过的风景打量
把手紧紧地拉上
你心里是我，我心里有你
我们站在一个地方
我们走在一条路上
我们还能不能回到最开始的地方？

末日和故乡

我的头顶是天空
天空下面是玫瑰，是风

是尽善尽美的二十一片叶子
比宝石的光芒还冰冷，还清澈
生命的相遇是偶然的吗
是谁叫我在这一刻复活
以大海奔涌的速度
向着你飞行
我无可逃避 看见你的同时
我知道我已没有了末日

朴素的香味弥漫
你叫我陷身于无穷无尽的奢望
叫我忍不住想在天花板上
舞上一场
我温柔的内心
那花朵们的小手
也不再被冬天冻伤
我活得明亮有力
步态坚实，一回头
总是看得见你和故乡

选自邱华栋诗集《编织蓝色星球的大海》
百花文艺出版社，2021 年 3 月

余幼幼诗集

《猫是一朵云》

余幼幼，生于1990年12月，摩羯座。南京市第二期“青春文学人才计划”签约作家。专注写诗，偶尔画画，重度猫瘾患者。出版诗集《7年》《我为诱饵》《不能的风》《猫是一朵云》等，双语诗集*Against The Body*、*My Tenantless Body*。作品被翻译为英语、韩语、俄语、法语、日语、瑞典语、阿拉伯语等。

余幼幼诗集诗选

猫是一朵云

猫醒了
不在一天的开始
也不在一天的结束
它自由地
在任何一个
它想醒来的时刻醒来
在任何一个地方
都有猫
醒来时没有太阳
没有月亮
没有其他猫醒来

猫的瞳孔
在一天中变化
放大或缩小
吸收的光有好有坏
好的时候
它的眼睛可以拧出水

坏的时候
把手伸进去
抓一把眼泪出来

猫气呼呼地
要找一个地方
进入黑夜
于是我闭上眼睛
让它进来
我眼睛不睁开
它肯定会
跑得快一点

猫做不做梦呢
很长的梦
需要火车来载
我因为睡不着
才养猫
我抱着它睡
梦就越来越长

猫钻进被窝
特别是在冬天
猫觉得自己是一个人
它需要床
毯子
和另一个爱人

猫爪子消除了
全部的声音
在房间里踩着
很小很小的秘密走动
花瓶打碎了
才发现
秘密其实有声音

猫是坏天气
挤出来的一朵云
灰色的猫
灰蒙蒙的天
都需要我抬头仰望

猫的呼吸如果
再延长一秒
这一秒
很长很长
楼层会为它变矮
树林会为它伸展
我会帮它穿上
最灵巧的降落伞

猫把重心
放在肚子上
那一堆细细的绒毛
何以承载猫
的重量

还好这些重量
都在我的肚子上

猫伸伸懒腰
身体成为一个凹槽
仿佛可以装
很多很多东西
那就把我装进去吧
如果我能
代替那些东西

猫浪费了一天
又一天
什么也不做
它只负责将大把大把
的时间花掉
我也只能眼睁睁
看它花掉

猫横着竖着
斜着圈着
它占领
的所有地盘
都是一个国家

猫学会了开门
跳起来
扳下门把手

大摇大摆走进卧室
又迅速出来
原以为它在炫耀
开门的技能
后来才发现
它只想
确认我还在

猫不顺从
任何人的抚摸
除非你有
一双顺从的手

猫的叫声绵长
而娇气
像个婴儿
睡在太阳底下
在光线退场的傍晚
猫退回我的怀中
成为我的孩子

猫抱在怀里
它把体温传给我
我传给沙发
沙发再传给墙壁
整个房间都暖和起来

猫凑近我的脸

伸出舌头
又缩回去
最后留下一个吻
眼里尽是
对肉的渴望

猫钻进被窝里
特别是在冬天
猫觉得自己是一个人
它需要床
毯子
和另一个爱人

选自余幼幼诗集《猫是一朵云》
南京出版社，2021 年 7 月

谷禾诗集
《世界的第一个早晨》

谷禾，本名周连国，1967 年生于淮河平原。著有诗集《飘雪的阳光》《大海不这么想》《鲜花宁静》《坐一辆拖拉机去耶路撒冷》《北运河书》《世界的第一个早晨》等多部；曾获"华文青年诗人奖""《诗选刊》最佳诗人奖""扬子江诗学奖""中国诗歌网年度十佳诗集奖""《长江文艺》双年奖（2019）"等多种奖项。

谷禾诗集诗选

苹果谣

枝头的苹果还是青涩的，但孕肚
已隆起，如养育着圆润的婴儿，
短时间内，我还不会待她如孕妇，手牵手
寸步不离地呵护。她的处境
如此微妙，只需一根悬垂的果枝。
如姣好的女子，不发出钟表的嘀嗒声，
不动辄落泪、自虐、麻雀样飞来飞去，
或负气出走。我还记得去年留在
唇齿间的甘甜仿佛神秘涌泉
她绯红的面庞告诉我：她深爱这世界！
当我递上斟满风尘的酒杯，她闪躲着
回到树叶间，像极了害羞的小仙女。
我曾看见她沐浴烛光的圣洁，沦落
肮脏的垃圾桶后，也流下屈辱的烛泪
但无论如何，她都不会化一道闪电
炸裂，或噗的一声闷响喷出浆汁
傍晚抱一兜苹果回家的人，笃信她带来
完美的爱，和通向天堂的甜蜜梯子

落在身上的雪

落在身上的雪
把我变成另一个人，变成雪人
像生命的痛苦把我变成痛苦的人
它忘了我已习惯痛苦
忘了这世上还有更多快乐的人
他们从不同的屋子里
看这些雪落下来
落在屋子与屋子，道路与道路
山河与山河之间
把世界变成雪的世界
走在雪中的人，变成了一样的雪人
走哪儿都一身雪，好像这些人
一直是雪的一部分
是“雪”这个词

木头也可以流泪

被砍斫回来的木头做成了房子
梁檩、桌椅、床榻、棺椁
用以盛放肉体、物什，安置灵魂
时间过去了很久，它又流出泪来
明晰的，透骨凉，没有人
弄得清它来自哪里，你反复用毛巾擦拭

也不停下来，仿佛木头里
淤积了天大冤屈，必须这样流出来
再生出青苔、木耳和嫩芽儿。
我父亲从不大惊小怪，他早已习惯这些
叹口气说，“埋入地下的木头不是这样子的
它只生出新树，向天空长高
如果大地上响起笃笃的敲击声，那必是
木头在转世，新的生命在轻轻敲门。”

日知录

我只要坐下来，
把一支纸烟，慢慢地抽完。
我只要从久坐的黑暗里起身，一抬手揿亮世界的开关，
并且清晰地
听见“啪”的一声脆响。

这些油菜花

这些油菜花开得像一场金色的飘雪
在云之南，峰峦叠嶂，春风浩荡
油菜花开满了每一个角落，萦绕着
飞舞的蜜蜂，更多叫不出名字的飞虻
它们的流连忘返是否昭示着我的未来?
油菜花懒得去想这些。更懒得搭理
缤纷的看花人，频频按动快门的人

它暴动似的开——一朵一朵的，
一枝一枝的，一片一片的
从平野到山坡，涌动的金黄
把情欲的花粉，挥洒入少女的眼睛里
它甚至神鬼莫测地挽留住了老妇人的脚步
让羞赧又一次升上她皱纹交错的脸孔
哦，一切全因了无边的油菜花海
让她忆起苍茫一生的某个瞬间
甜蜜和芬芳，复活了她枯萎的爱情
这些油菜花！我在少年时光
紧追着迷路的蜜蜂走进一所破落的房子
猛抬头望见邻家少女乳尖的晕红
这些油菜花！我在少年时光
紧追着迷路的飞虻走近一座劈开的坟墓
忽然遇见祖先散落的骨头
这些油菜花！我在少年时光
紧追着它绵绵的香气走进短暂的青春期
沉迷于它深藏的花蕊和蜜
如今我又一次遇见它，在中年的初春
也有汹涌的晕眩弥漫了头颅内的苍穹
这油菜花在春风里开得多么狂野而恣肆
从我身边越过的人，方死方生的人
被风吹薄的天空，白色和灰色的云朵
而我只有一枝开不败的油菜花
像芬芳婴童在大地的掌心迎风生长

世界的每一个早晨

那去岁发生的一切，至今不曾改变
在云之南，雨之北，在你醒来的早晨
一个人还不曾睡去，一些人出生和死亡
时间的加减乘除，并不因此减慢了速度
你遇见送葬的队伍，棺木上覆盖旗帜
而喜鹊登枝，新娘子的红盖头缓缓揭开
太阳升起来，“冰花男孩”怯懦地走进了
翻山越岭后的乡村小学校大门口
这一刻，京城东三环堵成了露天停车场
雾霭来不及退回郊外，广场上的晨练者
嗓子里发出不绝如缕的鸟鸣。更多的
孩子手牵手，一起消失在露珠的歌谣里
同一时刻，约旦河西岸怀抱婴儿的黑头巾妇女
微笑着，拉响了襁褓里的炸弹……
你活在所有日子里，把这一切都珍藏于心间
你去过那么多地方——城市、山海、草野
从船头，从空中，从高铁上，不同的风景
像微暗的火，游动在一天里的每一秒钟
从《美丽新世界》，到《动物农庄》的傍晚
被冒犯的世界，像一个幻象的房间
它给予你所有，又在另一个时间
无情夺去，这时你已老无所依，深陷在
失明症的漆黑里，仍然坚信光的善良天使
会继续点亮所有黑暗中醒来的早晨

朝向原野的窗子

你忘了那些野草、杂木、
灰斑鸠和贴地飞行的树鹡吗?
现在它廓入取景框，来到
你的镜头里。一个形容枯槁的
老人（她是谁)，她皱褶纵横的脸孔
仿佛时间本身——艰涩而沉默。
在我怀疑她欲展臂飞起时，一闪身
消失了影子，张挂的麻衣滴着水
夕光卷起尘埃的浪花，她
变身为其他的事物（麻雀，或草鲢?)
微风掠过树梢，假寐的乌鸦
被惊起，空出的枝头被一只灰鹭占据了
鸦巢摇摇晃晃，在日光里一点点变黑
——这不存在隐喻的意义，
如同堆积的闲云不改变天空
却改变了以窗子为中心的原野的走向。
微风摩挲枝头的叶子，
持续的隐秘声响刺破了开花的宁静。
从原野尽头跑来的孩子，越来
越清晰地，从三人变身为了一人
一只无形之手把埋头的草径
暗中挪动了位置，从朝向原野的窗子向外
还可眺望大海……一首未完成的诗
带来潮起潮涌、落日、岩石和深夜的灯塔。

枯草在风中

枯草在风中乱飞像一条纷扬的河流
父亲从河边回来
他的衣服、眉眼、头发、胡子沾满了水珠

他伸出手，不经意地掸了掸
那些水珠轻轻轻轻地，落在他生前身后

绕路看葵花

那是去年的八月，从坝上下来的途中
为了绕过事故路段，我们的汽车
无意间开进了大片的葵花田
暮色里，竟然有那么多深绿的叶子
托举着满眼硕大的葵盘。葵花还在绽放
在生与死之间，大地生出
阔大的阴影，也带着甜蜜的笑脸
而遍野流淌的落日，继续扭着它细长的脖子
当我们停下车，分别置身其中
于恍惚间，我的四周忽然安静下来
那来自泥土的黑暗，也沿着幽深的葵秆
一起涌向起伏的山冈，和沸腾的星空

选自谷禾诗集《世界的第一个早晨》
百花文艺出版社，2021年3月

张执浩诗集

《万古烧》

张执浩，1965 年生，湖北荆门人，现居武汉。诗歌入选多种选本及中学教材。出版有诗集《苦于赞美》《撞身取暖》《高原上的野花》《万古烧》等多部，另著有小说集多部。曾获人民文学奖、陈子昂诗歌奖、第七届鲁迅文学奖等奖项。

张执浩诗集诗选

阳光真好

洗净的衣服拧干后
要在空中抖开
一个人能干的活无须两个人合作
我在树荫下睡觉
阳光真好啊
只晒那些需要晒的事物
妈妈你真好
不把床单洗干净你是不会
叫醒我的，而当我醒来
我会像泥鳅一样灵活
抓紧床单的一角
旋转着身体，使劲拧
你在那一头咯咯地笑
我在这一头越拧越起劲
直到现在仍然不肯松手

滚铁环

我滚过的最大的铁环
是一只永久自行车的轮圈
我用弯钩推着它
摇摇晃晃地上路
八月的星空
高高的谷堆
我沿着晒谷场一边跑
一边尽情想象
黑暗的尽头
当我越跑越快
铁环溅出了火花
我感觉自己已将黑暗推开
而身处黑暗中的父母
放下蒲扇
紧张地望着我
目送着我消逝
在了黑暗深处

你以为呢

蕙兰开了一个月还是谢了
我把凋落的花瓣捡起来
埋在了山茶花盆里

山茶树今年没有开花
越过冬天茎叶枯萎了
我把它连根拔起来
放进了垃圾堆
搁在灶台一角的大蒜发了芽
我把它们埋进了闲置的花盆内
阳光照着绿油油的蒜苗
生也好看
死也好看

在桃林

桃花离开后，来了
一些桃子在树叶的掩护下
她们慢慢发育
朝阳的山坡
风吹水皱
小学的高音喇叭在做完体操后
终于放低了嗓门
我见过越来越多的陌生人
从山下上来了就不想下去
因为这片桃林他们幻想过
同气连枝的生活

把手伸进别人的兜里

把手伸进别人的兜里
那是什么感觉
如果是一只空兜
正好填满你的手
把手伸进你爱的人的兜里
再也不想拔出来
那是什么感觉
再也不想像今天这样
在冷雨中
在自己的兜里寻找你的手了

在蒸锅旁

把蟹腿塞进蒸锅
把牢牢抓紧锅沿的蟹腿
使劲往锅里面推
足足花了三分钟
螃蟹们才安静下来
透过玻璃盖
我又一次清晰地看见
这么多的钳螯
在雾气中高举着
当它们慢慢放下来

我也渐渐适应了
用不幸养育幸福

像样的爱情

一起看花的两个人或
两个人一起看花
并不是同一件事
譬如说杜鹃花开了
失火的山谷里并不见救火的人
两个人在火海中不知所措
你看我我看你
越看越觉得此生可惜
这样的爱情谁不想要呢
这样的爱情至死不见骨灰

逆　行

一个女孩逆行的时候往往会低着头
但一群女孩逆行时她们会逼迫你低下头去
一群女孩迎面走来像一串音符
在跳荡，却不拘囿于五线谱
再宽的马路也是拥挤的
再趾高气扬的男人都不在话下
昨天下午我跟在他身后
看着他越来越稀疏的后脑勺

太阳就要落山了
我有点想哭

南瓜长大了

南瓜长大了就会找一个地方蹲下来
静静地孵它的瓤
我也是这样
在把田埂走穿后就坐在半山腰上
新堆与旧坟在我身后起伏
岩子河在不远处闪光
更近的地方是一些无名的草木
热浪翻滚，虫豸也厌倦了鸣叫
没有什么真正的沧桑
只有该熟的熟了该死的死了
活在我眼中的填满了我内心的空洞

咏春调

我母亲从来没有穿过花衣服
这是不是意味着
她从来就没有快乐过？
春天来了，但是最后一个春天
我背着她从医院回家
在屋后的小路上
她曾附在我耳边幽幽地说道

“儿啊，我死后一定不让你梦到我
免得你害怕。我很知足，我很幸福。”
十八年来，每当冬去春来
我都会想起那天下午
我背着不幸的母亲走
在开满鲜花的路上
一边走一边哭

抱　树

三个男孩子合抱一棵银杏
短缺的部分由一位女孩补上
四张脸蛋仰望树梢
四双眼睛顺着树枝往上爬
密密匝匝的银杏叶为他们洒落了一地
为他们曾经有过的
手牵手的
这一日
这棵银杏树年复一年
以相似的模样守候在相同的地方
却再也不见同时出现
在树下的他们
每当落叶季到来的时候
总有人绕树三匝
希望在树后遇见想见的人

选自张执浩诗集《万古烧》
百花文艺出版社，2021 年 3 月

张远伦诗集

《白壁》

张远伦，苗族，1976 年生于重庆彭水。著有诗集《逆风歌》《白壁》等多部。获得全国少数民族文学创作骏马奖、人民文学奖、陈子昂青年诗歌奖、重庆文学奖等奖项。曾参加《诗刊》社第 32 届青春诗会。

张远伦诗集诗选

母女湖

一个湖泊需要一个山窝，两个湖泊串联起来
需要两个错落的山窝。那么一丁点落差
制造了山顶的水声，轻柔地，把湖泊之间的母女关系
说了出来。上一个湖泊满了，就把水送到
下一个湖泊里，像在某一个缺口
对上了口吻。在这里，高处的山窝
对低处的山窝，交代的方式，被称为倾泻
母亲湖对女儿湖的馈赠，顺势而为
被称为天赋。所以山之巅，水无端而来

天　赐

最高处的几枚酸枣，熟透了
香狸子够不着，醇香被鹊鸟独享

浑圆的小果便飞行于天空
越过金竹林和蓝潭

被衔到瓦沟子里，果皮尽去，浆汁吸干
露出硬核来

今晨我上房检瓦，扒开青苔
得酸枣籽一捧

每一枚上都有几眼深黑的凹痕
像众多生灵穿越寒冬，立春后来看我

被我冲洗，反复摩挲
在冬阳下发出黄铜般的古意和微光

经历了老树的顶尖，飞鸟的喙
被炊烟煨热，又被积雪洗净

最后经由我手，传递到你掌心
该有怎样温润的光泽

病毒突起，我们退守内心
这近乎神赐的寓言，当开示我们

距离感

花瓣上的一滴露水
滑落在我的幻影上
我的肉身渐凉，可我愿意这样，降低自己的体温

和荷田的水温，保持一致
我喜欢那真理一样的养成，也喜欢
那命运一样的衰微。此刻
我终于可以不用是人类了
零距离是最悲欣交集的获得
而以前我不知道

衔草飞行的鹊

两株椪子树之间，恰好容得下一次短途横飞
此树上一只鹊，彼树上一只鹊

双鹊隔空鸣啭，奇妙呼应
我的小村以空阔，支持这对小生命示爱

而雪后，摄氏五度，不是流连柔靡的时侯
过多的交游便如人类的巧伪

此鹊从旧巢，衔走一茎草
白羽起伏之间，便抵达彼鹊

我是幸运的，抬头便见证了灵性的草
在空中的传递和交接

那喙里夹带的，如同我诗歌建筑上的小词
被运送到秘境

我是有福的，见证了春来时的白云居
第一天的织爱手艺，轻盈而又精准

我村的留鸟呀，会选择在今日
成为新妇，成为被宠溺的那只

我如信徒，徘徊在小树林边
奉鸟为神祇，称你为神的女儿

北极村

白，包裹蛋黄，日出
有一种被剥离的动感
我看到清白的部分
被无形的手磨着，越磨越圆
我看见天堂的手工如此精细
竟然将一枚太阳的边缘，磨出大量雪来
我模仿这盛大的演绎
将自己细细打磨，我要
保持落日的身份。将遗失的雪
领回。保持好
她们陪葬的队形。我中年滚烫
而周遭已然如此寒冷彻骨
北极光是上天悲伤的颜色
并不代表永恒。可这一瞬
我穷其一生，并未看见

风把你吹过来

风把你吹过来，而把所谓世界发回原籍

可你回不去了
为了赶上一朵槐花，或者一片杨絮
风闪烁其词地把你吹过来，飘忽不定地把你吹过来

所以啊，你看上去经历过虚无
并成功成为那个从虚无里走出来的人
用一丝白发继续探路

风搬动了自身，也袭击了他人
你在风盛大的时候，撞见了我的额头
如同撞进泰山皱褶遍地的页岩

我们在笼子里谈论诗歌
而风在更辽阔的笼子里，缓缓地
推动着虚构的神和真实的黄昏

风把你吹过来，那枚最低垂的星辰侧身让了让

门　环

一条弄堂里响起门环的声音

我愿意把这古拙而又涩滞的敲打
称为叩门
也愿意把我这位外省诗人的问候
称为干谒
我不知道自己究竟需要
门户洞开还是门扉紧闭
也不知道自己拜访的
是诗意的亡灵还是久远的虚幻

上午的阳光悬挂在门环上
铜在磨亮自己
我微微仰头
便会分走清朝的那一环微光
你若前来，会分走民国那一环
如我们都散开，逃逸
隐匿，消弭
两个朝代就会活在当代里
分毫不损地静止在弄堂的太阳穴上

一条弄堂里响着一对声音
我分不清哪一环是伤感，哪一环是孤独

书院谈诗

做人先从下联开始，工巧无须太甚
喝茶先从天台开始，显露无须太多

我们谈谈诗歌吧：先从蜂蜜水开始
加上一点柚子皮的碎屑，余味全是苦涩

我们谈谈下半生吧：先从午后开始
加上一点黄昏的切片

即便夜幕辽阔如神
也只是惊险人生的小部分

最后，中山四路将我们寄走
而孤独像是背影，喜欢上了我们

选自张远伦诗集《白壁》
百花文艺出版社，2021 年 7 月

张常美诗集
《不惑的绳结》

张常美，1982 年出生于山西代县。曾参加《诗刊》社第 37 届青春诗会，有组诗发表于《诗刊》《中国诗歌》《长江文艺》《扬子江诗刊》等刊物；著有诗集《不惑的绳结》《我见过》。曾获第十七届华文青年诗人奖。

张常美诗集诗选

春风里

火葬场后面
是片浓蔚的小果园
一个父亲
爬在高高的梯子上
像为天空修剪多余的白云

一个小男孩，六七岁的样子
用刚刚修剪下的树枝
从蚁群中间挑出一只青虫
像是从送葬的队伍中拿走了逝者

总有突然的变故，令它们慌张
总有风，令它们的衣服落满灰尘

晚来天欲雪

一只鸡走丢了。沿着村庄

我往西找，你往东找
咕丢、咕丢的声音
把天也喊黑了
直到梦里，还那么急迫而短促

直到第二天清晨，它
抖了抖身上的雪
才从枣树上扑下来，比一夜的大雪还让人意外

最好的早晨

最好的早晨是大雾弥漫的早晨
有些风景退得很远，有些还没有醒来
一个人不急不缓走着
离自己很近。仿佛获得了一种大自在

不需要点头、打招呼
免去了俗礼和客套
在清冷的石凳上坐了一会儿
就像一个战战兢兢的小诸侯
在早朝之前一直絮絮叨叨的那样
早安，每一寸国土
——埋在大雾中的国土……

爆　竹

谁都知道，那是一腔怒火的平静
谁都知道那漫天花雨的瞬间
是对一生的逃离
谁都知道。那是爆竹
借着死亡和暗下来的天空碰了一下

即景或永恒

像补丁上拆掉的线头
清晨的鸽哨声
缠绕着村庄上面的天空
大雾越收越紧
逐渐有了清晰的轮廓
套在远处大山的身上

一头牛或毛驴
像一粒钉住的纽扣
立在坡上。孤零零地
它不喊出来
我们就不知道它是什么
它不喊出来
我们就不知道它是一个父亲或母亲……

北风肆虐的旷野中

两个熟人，隔着很远的距离，在说话
我跟他们也隔着差不多的距离
他们的面目很模糊，我看不清
大概，他们也看不清对方
两个磊落的农民
穿着老式的劳保棉衣裤
就这样站在旷野中
费尽所有力气，像投掷石块一样
说一些无关紧要的话
那声音逆着风，很模糊
依旧敲得人耳朵生疼
让我体会到从来没有过的力量
我从来不敢这样
站在空阔的地方，喊谁，喊什么……
尤其无关紧要的话
尤其刮着那么大的风
尤其那声音要刮到不知多远的地方
不知会落到谁的耳朵里

如果我们的一生可以从倒叙中开始

落过的泪水再次蓄满眼眶
许多愁苦的脸破涕为笑

雪往天上飘，乌云散去
我们望着熟透的杏子再次成为花朵

浓烟从烟囱回到秸秆、青苗
一锅粥煮着煮着就回到各自的穗上

挥了挥手，母亲就从田间回来了
她穿着干净的衣服，像个新娘坐在炕上

我希望我有这样的手艺

我喜欢看着那些专注于活计的手艺人
他们满身尘屑、油污……
咬着牙、沁着汗，顶着风、冒着雪……
一丝不苟的样子
我希望我是他们中间的一个
能自食其力。也不用巴结谁
我们相互扔一支烟，点上
也不说话。倚着一件仿佛永未完成的东西
铁的、土的、木头的、水的……
休息一会儿。我喜欢他们的荤段子
——总是调侃那个干得稍微慢了些
顺手把烟夹在耳朵上，又继续埋头干着的人
这段子烂熟得像是一种慰藉
一粒止痛药。每次都能找到其中的一个苦命人
我喜欢，如果哪天某个人没有来

其他人仍旧埋头干着，好像什么都没有发生

羊群里走得最慢的那一只

它是最老的那一只
是整个羊群的老祖母
它的牙床已经磨平
仍旧不停从泥土里撕扯出一些零星的根须
那么大一群羊经过的地方
哪会留下一棵嫩草？
那么大一群羊，鞭子大部分都落在它枯瘦的身上
其实它可以稍微离开羊群一点
尝尝远处的青草
但它吃力地紧跟着自己的孩子们
它替它们挡住了身后的黄昏
它要替它们关紧身后的栅栏

选自张常美诗集《不惑的绳结》
百花文艺出版社，2021年3月

陆健诗集

《开片——2020年诗选》

陆健，1956年生于河北沧州。出版有《窗户嘹亮的声音》《名城与门》《一位美轮美奂的小诗人之歌》《开片——2020年诗选》等诗集20余部。曾获《飞天》“首届大学生诗苑奖”、星星诗歌奖、十月文学奖、《人民文学》年度诗歌奖、第二届昌耀诗歌奖等奖项。有诗作被收入《中华百年诗歌精华》等选本。

陆健诗集诗选

暗中的我

没有谁像他那样伴随我始终

我今天的所有，包括边边角角
正是与他，与其他，和谐
角力的结果

我清楚他在那儿，他在那儿很好
移动的他、时明时暗的他很好
他在我身体疼痛的部位

暗中是黑，擦去了灯盏的黑
有时黑是一种光明，把守着关口

我把自己推入酒杯和睡眠
暗中的我温和，只具备
虚拟的攻击性，和疾病私奔
先天的通道。危险则深不可测

隐形的护佑者。有时他低声啜泣
想擦擦他眼里的泪
却先触碰了自己的悲伤

就当是远方

冬天了，远方在候鸟背上
冬天，满地落叶的远方，在树上
而黑头发是白头发的远方

天越来越高，仿佛空无一物
千里外的乡音却近似身边的问候
在微信中的笑脸，低头的一念之间

我知道喜鹊，上午为众鸟而唱
晚间的清歌是为自己抒情
我想起我的出生地，河北平原上
只剩瘦瘦枝杈的白杨，倔强地
站在天地尽处，它的巢穴被突出

旷野的安静，如一匹被抻平的棉布
无语之季节。喜鹊的叫声
使我的童年亮了一下，又亮了一下

路　过

从超市滚梯上来
见到那人，在擦落地窗

天空有污渍。他擦
湿痕依序排列，像简单的字
像一些笨拙的笔画

流云碰碰他袖口，移开了
他擦，时间的阴影。他擦
太阳昏黄，光斑摇着他的脸

他擦去自己的身形，臂膀
只剩一只手，持续搓动

他擦去了自己的手
只剩下大片的透明还在

季节的偏差

春天响亮，喜鹊衔着阳光
放声唱。诅咒别人的人
自己的内心该多么绝望
蜜蜂从春飞到秋，嗡鸣

采花蜜，在过程的规范里
它飞得一会儿高一会儿低
季节通过它控制了它自己
那知了怎么也不明白
我正研究的数字问题
数字平台数字模块数字城市
它用特有的音调长叹一声
不认识数字，也没找到
有着甜甜汁液的枝条
——我究竟错在哪里？
而我最终的思路发生了弯曲
喜鹊、蜜蜂、知了，它们
分别踩痛过三根、两根
还是同一根树枝？只觉得
我想象中的树掉光了叶子

凌晨三点

凌晨三点，醒来
窗帘缝隙挤进夜的微光
一只眼睛悄然显形
隐约在迎头的门框上方

从未见过的鹰隼、虎豹之眼
却肯定出自人类。并无饥饿状
一只接续一只。惊悚中
带黑线的脸的侧面

自行其是。也许仅是途经此地
本邦客？外邦大哥？混血那位
带几根冰雕的胡子。尖锐
一张脸牵引另一张
一张推弹开另一张。加速度

神色漠然，寒气砭骨。有的
余光一瞥，看我像看一张人皮
其他的直接将四周视若无物

老家的楼房

老家的这幢楼房，太老了
老得让人心痛。工人在拆除它

我的书包曾每天从这儿经过
我对它
就像对我的父亲那么熟悉

铁锤抡动，轰隆作响
墙体洞开，眦裂如狰狞
它的五脏六腑裸露了出来

砖石喷溅，像积攒一生的力
从胸腔中破壁而出
锤声低沉，如老人的闷咳

像死亡将治愈所有的疾病

那残损破败的阳台，遗言般
踉跄着站着，几根钢筋似青筋
支撑摇摇晃晃的头颅

它眼神冰冷、固执、不情愿
像在点头，又像在摇头

树的教育

这是我 42 年前的校园
这是我执教 20 多年的地方
退休了，忍不住回来瞧瞧

好安静啊，坐满学生的教室
一样安静，满满的绿树绿色的安静

我慢慢走，读着一棵树，又一棵树
它们的胸牌。白杨，法国梧桐
核桃树，紫薇，白皮松，马尾松
红色与白色的玉兰在主楼两侧
花期刚过。它们的科、属，它们的
历史和习性。忽然有一种感动

它们比以前更粗壮，更茂密
它们从没有移动过，却在

这几尺见方的地方成就了自我
或许就是事业，或许就是使命

它们身躯不佝偻。平稳地呼吸
坚守阳光和风雨。不觉中已到了
图书馆门前。我坐在
条木制成的椅子上。像初次到来
那样打开一本书。像我的年轻

选自陆健诗集《开片——2020 年诗选》
郑州大学出版社，2021 年 7 月

林白诗集

《母熊》

林白，广西北流人，“50后”，居北京。著有长篇小说《北流》《北去来辞》《一个人的战争》《说吧，房间》《妇女闲聊录》等多部、诗集《过程》《母熊》两部。获华语文学传媒大奖年度小说家奖、老舍文学奖长篇小说奖、《人民文学》长篇小说双年奖。有日、韩、意、法、英、西班牙等文字的长篇和中篇小说单行本出版。

林白诗集诗选

书桌上的苹果

书桌上的苹果是最后一只
我从未与一只苹果如此厮守过
从一月底到二月
再到三月二十日。

稀薄的芬芳安抚了我
某种缩塌我也完全明白。
在时远时近的距离中
你斑斓的拳头张开
我就会看见诗——
那棕色的核。

我心无旁骛奔赴你的颜色
嫩黄、姜黄与橘黄
你的汁液包藏万物
而我激烈地越过自身。
我超现实地想到了塞尚
他的苹果与果盘

那些色彩的响度
与喑哑的答言

我不可避免地要想到
里尔克关于塞尚的通信：
你的内部已震动
兀自升腾又跌落，
要极其切近事实是何等不易。

缩 塌

你就要真正缩塌
在把腐臭倾倒给世界之后
裹挟万物的汁液
退潮了，喷溅白色的泡沫
你回到黑暗
回到大地深处。

你离开
世界将分崩离析。
我要提前悼念你
也悼念世界，
并追忆你与世界
同在的日子。

我也许会在深渊倾听吧
在你消失之后的空白处。

多年后

多年后再遇见你我会怎么样
那时你将缩小为一个
璀璨的梦

甚至更小
如一粒星
在银河

窃窃耳语的密林
无尽的风
仍浩荡回旋

当年某个死去的自我
因为这特殊的初夏
在枯草上复活
一只只幼崽
睁开眼睛
初生的眼眸，星光闪闪

石头在飞，石头在滚
水在树林中闪烁
波浪嘶鸣

在梦的缝隙中

一只北方的母熊
驮我缩塌（或下沉）
那时我已重新回到子宫了吧
带着来世的祈盼

荷花使者或荷花苑

我想你其实并不认识我；
荷花苑，当然你于我也是陌生。
可这并不妨碍，有荷花
生于污泥之上的水，
那陌生的虚空。

无穷无尽的荷花
你牵着谁的衣角而来

一千年前就有了
荷花苑，当然你只有三十年。
我猜想，千年前是一片荒地
离长江尚有一段距离
想必有大湖……
没有也不要紧，不远处肯定有。
无穷无尽的荷花
你牵着谁的衣角而来

那白色的衣裾
骑在白鹭翅膀上

大群大群的白鹭
它们飞起又落下
停在灰色的牛背

无穷无尽的荷花
你白色的衣角迎风翻飞

节气：春分

春天的确被分成了两半
一半在去年之前，
另一半
在被口罩挡住的这边。

我多想咏唱从前的花呀，
尤其是油菜花。
我还想收割油菜，
在湖北的木兰湖。
而此时此刻，
它们的金黄迅速后退

皮肉成灰。
离春分还有三天
庚子年磨利的刀锋，
提前划伤了我。

酒，或别的什么

我以为我抓住了
跟酒接近的某种东西
可以含在嘴里
仅含着就能到达
全部的细胞神经

比酒更高
但仰望的星星
也并不是它

我觉得它也在水里
但从来不是鱼
可能是树
满身闪闪发亮的叶子

它甘甜
这点略胜酒一筹
许多年的光阴浓缩在一瞬
它更是醇厚的

这个春天我迷醉而振拔
因为它骤然而至

选自林白诗集《母熊》
广西师范大学出版社，2021 年 6 月

赵丽宏诗集

《变形》

赵丽宏，1952年出生于上海。著有诗集《珊瑚》《沉默的冬青》《沧桑之城》《疼痛》《变形》等十余部；曾获上海市文学艺术杰出贡献奖、塞尔维亚斯梅德雷沃“金钥匙国际诗歌奖”、罗马尼亚“米哈伊·爱明内斯库国际诗歌奖”等多种奖项；诗歌被翻译成英、法、日、韩、阿拉伯等十余种文字在海外发表出版。

赵丽宏诗集诗选

变　形

把我变长
长成一条笔直的路
通向无尽的远方
把我变短
短成一枚铁钉
不知会被钉到什么地方

把我变大
大成一个广场
可以容纳四面八方的来客
把我变小
小成一张邮票
贴在信封上
不知会投递到什么地方

把我变高
高成一座山峰
去招揽飘舞的云朵

把我变矮
矮成一块地砖
被前赴后继的鞋底践踏

把我变成一朵花
绽开得鲜活美丽
但只能活一天
把我变成一座雕塑
凝固在古老的岩壁上
沉默千年万年

我的沉默

让我的沉默
成为你无字的歌谣
一遍又一遍
在灵魂中回响

让我的沉默
撞击那扇封闭的门
碰撞出新颖的词语
在幽暗中发光

让我的沉默
成为钥匙
成为夜视镜
成为你心灵的回音壁

倒　立

手脚倒错时
视野中
是一个翻转的世界

大地成了天花板
悬挂着楼房、树木、群山
行人变成了蝙蝠
不会飞翔
一个个，一群群
吸附在压抑的洞顶

天空变成了海洋
仰望着头上的大地
其间的距离
却无法测量
雨珠成了喷泉
从天空之海中喷涌飞溅
浇湿了大地天花板

醒　来

醒来
有时庆幸

有时懊恼
那是因为不同的梦境

梦中无解的骗局
一个接一个
深不见底的陷阱
一条又一条
走不通的绝路
绞索悬在头顶
幽暗中伸出章鱼的刺须
缠住了喘息的喉咙
醒来
忍不住一声欢呼

梦中生出翅膀
在天地间自由飞翔
飞到天上成为一只鸟
成为一朵云，一道彩虹
一颗燃烧出光焰的星星
飞到地上成为一座山
成为一棵树，一茎草
成为花丛里一只蜜蜂
一条流动的小溪
醒来
触摸身边的存在
光明，微笑，甜蜜
无边无际的香气
……

心　镜

我看不见自己的心
它却四通八达
连接着身体的每一个部位
我的眼睛
我的耳朵
我的手足
我的皮肤
我的每一根神经
我的每一次呼吸

它是我感觉的终端
又是我情绪的起点
它是一块明亮的镜子
映照我感知的一切
它可以很大很大
大到接纳整个宇宙
它也可以很小很小
小到容不下一粒微尘

母亲的书架

不是虚构的故事
是我亲历的现实

98 岁的母亲
在她床边隐秘的角落
搭起一个小小的书架
用精致的画册做支架
用真丝的围巾做门帘

书架上，层层叠叠
陈列着我送给她的书
从第一本年轻的诗集
到老气横秋的散文
还有那些让我返老还童的小说
那些疼痛变形的文字游戏

我的书
是流浪世界凌乱的脚印
我从没有想到为母亲而写
她却一本一本仔细地读
读得泪水涟涟
她从字里行间
知悉我心中所有的秘密
在她眼里，我依旧是
那个羞涩寡言的男孩
站在家门口
进退两难

她当年送我出门
只想我早日回家
我却一意孤行远走天涯

再也无法回到她身边
此刻，在她的书架上
栖息着疲倦的归雁
母亲翻阅我的书
就像在安抚我受伤的翅膀
整理那些破损残缺的羽毛

是真实的故事
不是虚构的传说
我的 98 岁的母亲
在她的床头
搭起一个隐秘的书架
……

选自赵丽宏诗集《变形》
人民文学出版社，2021 年 4 月

胡弦诗集

《定风波》

胡弦，1966 年生于江苏铜山，现居南京。出版诗集《沙漏》《空楼梯》《定风波》、散文集《永远无法返乡的人》等多部。曾获柔刚诗歌奖、闻一多诗歌奖、徐志摩诗歌奖、腾讯书院文学奖、花地文学榜年度诗歌奖、《诗刊》《十月》《作品》等杂志的年度诗歌奖，凭诗集《沙漏》获鲁迅文学奖。

胡弦诗集诗选

甘蔗田

这一生，你可能偶尔经过甘蔗田，
偶尔经过穷人的清晨。
日子是苦的，甘蔗是甜的。

不管人间有过怎样的变故，甘蔗都是甜的。
它把糖运往每一个日子，运往
我们搅拌咖啡的日子。
曾经，甘蔗林沙沙响，一个穷人
也有他的神：他把苦含在嘴里，一开口，
词语总是甜的。

轧糖厂也在不远的地方。
机器多么有力，它轧出糖，吐掉残渣。
——冲动早已过去了，这钢铁和它拥有的力量
知道一些，糖和蔗农都不知道的事。

这一生，你偶尔会经过甘蔗田。
淡淡薄雾里，幼苗们刚刚长出地面，

傍着去年的遍地刀痕。

讲古的人

讲古的人在炉火旁讲古，
椿树站在院子里，雪
落满了脖子。
到春天，椿树干枯，有人说，
那是偷听了太多的故事所致。

炉火通红，贯通了
故事中黑暗的关节，连刀子
也不再寒冷，进入人的心脏时，暖洋洋，
不像杀戮，倒像是在派送安乐。

少年们在雪中长大了，
春天，他们饮酒、进城打工，
最后，不知所终。

要等上许多年，讲古的人才会说，
他的故事，一半来自师传，另一半
来自噩梦——每到冬天他就会
变成一个死者，唯有炉火
能把他重新拉回尘世。

“因为，人在世上的作为不过是
为了进入别人的梦。”他强调，

“那些杜撰的事，最后
都会有着落（我看到他眼里有一盆
炭火通红），比如你
现在活着，其实在很久以前就死去过。
有个故事圈住你，你就
很难脱身。
但要把你讲没了，也容易。”

月　亮

天空太高了，
月亮要亲近我们，
必须滑过树杈，下到
低处的水中。

当我把水舀进陶瓮，我知道
一个深腹那遗忘般的记忆。
当我在溪边啜饮，
我知道自己饮下过什么。

群星记得的，谦逊的夜晚都记得。
它随波晃动、涣散，为了
更好地理解水而解散过自我。
而在暴雨过后的水洼里，
它静静地亮着：它和雨
曾怎样存在于一个狂暴的时代，
并从那里脱身？

它下过深渊、老井，又停泊在
窗口，或屋檐上方。
在歌唱被取消的时代，只有它，
一直记得那些废弃的空间。

窗　前

当我们在窗前交谈，我们相信，
有些事，只能在我们的交谈外发生。

我们相信，在我们目力不及的地方，
走动着陌生人。他们因为
过着一种我们无法望见的生活而摆脱了
窗口的限制。

当他们回望，我们是一群相框中的人，
而那空空、无人的窗口，
正是耗尽了眺望的窗口。

我们看到，城市的远端，
苍穹和群山拱起的脊背
像一个个问号：过于巨大的答案，
一直无法落进我们的生活中。

当我们在长长的旅行后归来，
嵌入窗口的风景，

再也无法从玻璃中取出。

临江阁听琴

有人在鼓琴，干瘦的十指试图
理清一段流水。窗外，
涛声也响着——何种混合正在制造
与音乐完全不同之物？
——你得相信，声音也有听觉，它们
参与对方，又相互听取，
让我想起，我也是从一个很远的地方
来到这里，像一支曲子
离开乐器独自远行，到最后才明白，
所谓经历，不是地理，而是时间之神秘。
现在，稍稍凝神，就能听到琴声中那些
从我们内心取走的东西。
乐声中，江水的旧躯体仍容易激动，仍有
数不清的漩涡寄存其中，用以
取悦的旋转轻盈如初，而那怀抱里，
秘密、复杂的爱，随乐声翻滚，
又看不见，想抱紧它们，
一直以来都艰难万分。

剧　情

戏台老旧。留住某些结局，

必须使用吊过的嗓子。
——抛出的水袖无声翻卷，其中
藏着世间最深的沉寂。

——有兰花指，未必有春天；
有小丑，则必有欢乐。
有念白，天，也许真的就白了。年月
长过一代又一代观众，却短于
半个夜晚。万水千山仍只是
一圈小碎步，使苦难看上去
比欢乐更准确。

——愤怒是你的，也是我的。
悲伤，所有人来分它，就会越分越多……
最后，散尽的繁华都交给
一声叹息来收拾。

那在后台调油彩的人最懂得：脸，
要变成脸谱，
才不会在锣鼓的催促中消失。

玛尼堆

穷人并不难过，只是
搬动较大的石头时有点吃力。

把微风给穷人，让它领着他们

一遍遍抚摸熟悉的事物。
把风暴给神，把蔚蓝给神，把关于
这个世界的新感觉，
给神。

如果你忧伤，
漫天大雪都是你的。
而穷人只要剩下的：几块牛粪，一只
在雪中刚刚降生的羔羊。

傍晚的海滨

我常常以为我已迷失，找回自己
是艰难的。
今天，我来到这海边——大海仍然在这里。
有人在那边堆沙器，我在这边望着远方。
我望见的事物：
海鸥继续研究天空；
小岛，守着它无法把握的情感，又待在其中；
黄昏愈浓——潮水
喧腾，正把早晨时吞下的沙滩一点点
还给陆地。

选自胡弦诗集《定风波》
江苏凤凰文艺出版社，2021 年 6 月

泉子诗集

《青山从未如此饱满》

泉子，1973年10月出生，浙江淳安人，现居杭州。著有诗集《雨夜的写作》《湖山集》《空无的蜜》《青山从未如此饱满》等7部、诗学笔记《诗之思》、诗画对话录《从两个世界爱一个女人》《雨淋墙头月移壁》。作品被翻译成英、法、韩、日等多种语言；曾获刘丽安诗歌奖、陈子昂诗歌奖、苏轼诗歌奖、十月诗歌奖、西部文学奖、汉语诗歌双年奖等。

泉子诗集诗选

这季节

这季节本应属于桃的红与柳的绿；
这季节本应属于冰的碎裂与水的消融，
这个季节本应属于由人世的喧哗所雕琢，
而得以赋形的一条寂静的河流；
这季节本应属于
依然为此情此景所感动，
而终于重获一池春水之柔弱的，
一颗诗人的心。

汉语的辨认

我终于可以坦然面对生死了。
而我终于没有辜负汉语，
辜负语言与万物深处的道或空无
透过如此纷繁的人世完成的，
对一位诗人的拣选与辨认。

烟云深处的道路

许多在你曾经的写作之路上仿佛不可逾越的天堑与山峰，
包括最初你周围的友人，
包括在你的前行中
不断给你以养分的米沃什、布罗茨基、沃尔科特……
他们已化为在你今天回望中的山峦起伏，
以及曾为你的步履丈量过的，
一条烟云深处若隐若现的道路。

银　针

一首伟大的诗对应于
你终其一生的徒劳，
对应于
一枚银针落向大地时
那巨大的轰鸣。

春　梦

在一个惊心动魄
而一触即发的春梦中，
我因转身合上身后的门扉
而醒转过来。

她会为那刹那后的杳无音讯，
为一个永远的空隙而惊悚吗？
而她应比我更懂得一个繁盛而虚无的人世，
她应比我更懂得
生命中
那无处又无往不在的绝望与孤独。

三日不读经

三日不读经，你口中呼出的气已有了异味，
十日不读经，
你应羞于
与镜中那张略带狰狞的脸庞相认了……

千里之外

当我在千里之外。点点问阿朱，
爸爸会不会因想家而落泪？
而话音刚落时，
两行热泪已从她的脸庞上
滚落了下来。

亲爱的女孩

亲爱的女孩，是否你可以永远不长大，

而我永远不老？
亲爱的女孩，是否花可以永远盛开，
月亮永远浑圆而皎洁？
亲爱的，亲爱的，
这羁旅间脉脉一瞥中的绝望与欢喜，
是否真的配得上一个人世的孤独，
与那永无止境的荒凉？

忧　心

不要为技艺或年龄忧心，
我们需要时时警醒的是，
我们是否依然能够
心无旁骛地去看，去理解这人世。

悲　戚

妈妈，你的离去不是永别，
而是“纵使相逢应不识”带给我的悲戚。

汉语之未来

再也没有什么可以让我忧心忡忡的了，
除了尚处年幼的女儿点点与越来越年迈的父母，
除了善良但有时又孩子般任性的阿朱，

除了那依然隐没在一个时代浓雾深处的
汉语之未来。

执　着

我们所有的执着都会化身为
一个我们看不见的巨兽
所张开的血盆大口。

节　日

妙妙从宠物医院回来的日子成为全家的一个节日，
点点信誓旦旦地说，
她今后再也不会因小猫妹妹的顽皮乱发脾气，
而曾在我心底完成的
一次关于一只因偶然的机缘成为这个家庭一员的野猫
与因呕吐脱水后住院四天近五千元的高额医药费用之间的辩驳，
已然作为一次关于重逢与别离的再教育，
而此刻，我们共同感受着
这初遇的欢喜。

你在哪里

在送葬的队伍中，我看见了爸爸，

姐姐、阿朱，
我看见了秀秀、果果，
而有那么一个恍惚的刹那，
我疑惑于妈妈你在哪里。
直到我再一次意识到
这是一次因你，
因一种彻骨的荒凉
而得以聚拢来的喧哗。

在一场大雪过去很久之后

在一场大雪过去很久之后，
只有沿湖亭台的屋瓦
依然是白色的，
而你仿佛突然间回到了
多年之前，
那个你第一次从经文中
品尝到甘醇的薄暮。

选自泉子诗集《青山从未如此饱满》
长江文艺出版社，2020 年 5 月

剑男诗集

《星空和青瓦》

剑男，原名卢雄飞，湖北通城人，“70后”。在《人民文学》《诗刊》《十月》《青年文学》《作家》等发表有诗歌、小说、散文及评论，曾获第十一届丁玲文学奖、第五届《芳草》汉语文学奖女评委奖、汉语诗歌双年十佳，著有《激愤人生》《散页与断章》《剑男诗选》《星空和青瓦》等多部。

剑男诗集诗选

半边猪

一个人在山路上用自行车驮着半边猪
一个人，一辆自行车，半边猪
他们就像快乐的三兄弟，显示出欢乐的三位一体
终于快要结束一年的艰辛，看起来
只有猪的快乐是真实的，眯着眼，横着半边身子
不需要像人一样奔波，自行车一样被蹬踏
但在这个新年即将来临的乡下
我相信一个被劈成两半的人的快乐要超过猪的快乐
你看这个骑自行车的中年人
一半在新年前的集市，一半在深山中的家乡
一半在妻儿身边，一半在父母床前
一半在余岁，一半在新年
单薄的身子分割得不再有多余的东西
但他的口哨吹得多么欢快
像是获得了神对他的额外奖赏

堂前燕

在乡下，只有一种鸟会把窝建在人的家里
这么多年以来，很多鸟雀
都快要绝迹，只有这种鸟不惧怕人
仍然和人类保持着难得的信任
我们那里叫堂前燕，有的也叫观音燕
小小的脚、短短的喙，啄虫、啄草，也啄春泥
在幕阜山一带，燕子并不能被驯养
但人们都把它们当成家禽，它们小小的窝
建在墙壁上，和我们共一个大家庭
天黑关门时，人们总会关心燕子是否回家
秋天燕子南迁，去寻找
更温暖的阳光和田野，那个窝总是会被留着
像父母为出远门的孩子保留着他的房间

挖藕人

两只鞋，一只新，一只旧
它们摆在一起
一只干净新样
一只沾满污迹，磨破了底
在它们不远处
几只鹭鸶练习单立
一个人正在湖中挖藕

鹭鸶的腿直而修长
挖藕的人双腿埋在淤泥中
当他在浅浅的湖水中移动
我看见他用手从藕筐旁边
摸出一支拐，像一个
熟练的水手驾驶一艘快要
搁浅的木船，轻轻一点
就把自己缓缓地送到前面的淤泥中

牛

牛被散养在山中，不再被用来耕田
牛开始自己养活自己
或者说牛一直都是自己养活自己
只是不再靠出卖苦力
以换取那些青嫩的草或偶尔的豆粕
终于改变了自己的生活方式
当主人放下手中的缰绳
我想有一刻它一定是犹豫不安的
我想它一定没有逃离樊笼的感觉
久被奴役，突然
来到的自由一定会使它慈悯的眼中
充满感激。可怜这动物
也许我们要
庆贺它没有听说过卸磨杀驴的故事
你看，冬天到来
山下集市的牛肉涨到五十元一斤

它的主人正在磨刀
雪花也没有掩盖住刀锋发出的寒光

水　库

这座水库坐落在群山之中
有无数条溪流向它汇入
但只有一个出口
它兼容并蓄
也缓慢地释放着
内心积压的苦水
那个春天过后再也活不下去的
投向它的年轻寡妇
那三个在它怀中嬉戏后
再也没有回来的少年
那艘深夜沉没的运粮的木船
那个急匆匆赶路失足的中年人
那些被山洪冲下的幼獐
他们在水下是否继续着各自的生活
漆黑的、孤独的
但仍需要憋气的生活

秋　阳

秋天来了，屋顶南瓜长不动了，在屋顶
趴了下来，昆虫动用私刑

把冬瓜叶咬成网状，露出它肥硕的身体
我无所事事陪母亲在屋前晒太阳
云朵在天空游走，母亲养的槐鸭在池塘
伸出天鹅一样的颈脖。很多年
我好像从没有像今天这样奢侈地享受过
秋日的阳光
我想这对母亲同样是奢侈的
一只七星瓢虫从脚前的南瓜叶上飞起来
我才发现它也有翅膀
阳光温暖地照着母亲头顶白发，也照着
我发白的双鬓
坐着坐着母亲就睡着了
嘴角还留着安详而满足的笑容
阳光静静地覆在她身上，像一支摇篮曲

平衡术

在有限的空间内保持身心纯正、不倾斜
在一根绳索上，一块木头上
或江面一根苇草上
考量身体的难度也考量内心的难度
我见过这样的平衡术，在万人景仰之高处
中年人脚如鹰爪
在坠落的瞬间用脚钩住钢绳
像早年黄昏乡村高压电线上倒悬的蝙蝠
我也看见过低处的平衡术
母亲在南江河中斜着身子拽着一个少年

堂弟捡回命，母亲落下风湿
肆虐的水与瘦弱的身体保持着奇妙的平衡
但在我的家乡李家湾
在贫穷和幸福、痛苦与欢乐之间
我很少看见亲人们有过须臾惬意的摇摆
他们在生活中起伏无定
如置身于一根根的绳索、钢丝和翘木头
那么多虚无的东西悬在一端
这一头，他们把全身的重量压了上去
那孤注一掷的穷赌，却
每每如压舱石压上一艘四处渗水的驳船

泡　沫

一条流水一定有着它的悲伤
它在群山中穿梭，只能接受往低处去的命运
但因其有确切的去处，它也是快乐的
它奋不顾身冲下悬崖，在逼仄
幽暗的狭谷侧着身子，在平野缓缓向前涌动
比很多宿命事物多出来的东西是
它有着一个辽阔的归属，能在不断低下去的
冲决中抵达生命的恢宏，因此
我们看到流水在最危险、最湍急处开出花朵
而在最平稳、最懈怠处生出泡沫
有人说水花是流水中欢乐的部分，其实
有时也是愤怒的部分，但水花的
欢乐和愤怒都是干净的，只有在平庸中再也

回不到水内部的部分才成为泡沫
像人世所有的痼疾，因为背叛了自己
只能在阴暗的角落和众多虚浮之物沆瀣一气

墓志铭

深刻使人痛苦，浅薄使人快乐
我深谙人世的痛苦，但庆幸你们让我一直生活
在浅薄之中
我告别的人世你们也会陆续告别
我欣喜的是，从此可以像一座拆下齿轮的钟表
不再需要无休止的机械转动
我有所怜悯的，是你们渴望的前路真的有尽头
而你们不知，我也无法给你们描述
大地除了无尽的覆盖，其他不过是虚构的幻象
像草木覆盖草木，流水冲走流水
每一刻都是死亡，每一刻的死亡后面都是重生
你们可以在这个土堆插上青柯或花枝
也可往上面扔石子，这是我生前对人世的亏欠
如今我沉睡，仍然愿意接受你们的毁誉

选自剑男诗集《星空和青瓦》
长江文艺出版社，2021 年 1 月

谈骁诗集

《说时迟》

谈骁，1987 年出生于湖北恩施，土家族。出版诗集《说时迟》。曾获《长江文艺》诗歌双年奖、《扬子江诗刊》青年诗人奖、华文青年诗人奖。

谈骁诗集诗选

露　水

有一天我起了个大早，
想找个地方看看露水，
去阳台找，牵牛和月季上没有，
去小区绿化带找，
黄杨和桂花树上自然也不会有，
露水总在低处，不沾上你的衣袖，
只是悄悄打湿你的裤脚。
出小区，到农科所试验地，
一块地种棉花，棉桃成熟了，
棉花上沾着增加重量的露水；
一块地种萝卜菜，刚发芽，
叶片上挂着随时会落下的露水。
这是我要找的露水，
找到了露水我也不知道要做什么，
它们很快就消失了，
我看着它们渐渐消失，
就像是我慢慢把它们遗忘。

视　野

小区外面是板桥社区，
几十年前的还建房，正在等待拆迁；
外面有几条铁轨，东南部的火车经此去武昌；
再外面是三环线，连通野芷湖和白沙洲；
最外面，就是野芷湖茫茫的湖水……
我喜欢视野里的这些轮廓，
这些抬头就能看到又不必看清的轮廓，
这些似乎一直如此而让人忽略其变化的轮廓，
它们支撑起我不测人生里的稳定生活，
看书的间隙，接电话的时候，
我就去阳台上，远望以放松，
偶尔看得出神，忘记了说话，
电话里的人说："喂，喂，信号不好吗？"
我说："你等一下，这里有一列火车正在经过。"

方言认出来的

绿化带里的龙柏，
是松柏的一种，方言里叫爬地龙，
小时候我常用它们编织花环；
龙柏间有蝉蜕，方言里叫知了皮，
可以明目利咽，五元一斤，
这是十年前的价格，现在已无人去捡拾了。

还有仙客来、夜来香、车前子，
我能在方言里一一辨认，
这些像是从童年长出的枝叶，
提醒我过去的生活有迹可循，
也在怜悯我今日的枯竭：
绿化带在遮雨棚下，
我来此避雨，突然看到，
除了童年的记忆，我再无什么可在诗中分享，
雨停了我就离开，和它们也再无联系。

过夜树

锦鸡飞回来了，歇在花栗树上；
灰背鸟飞回来了，歇在厚柏树上；
天黑了，白尾鹞子、斑鸠、喜鹊
都飞回来了，散落在密林深处。
你也回来了，山中还有空枝，
世上已无空地。你如果在树下停留，
就会知道每一棵树都是过夜树，
就能看到儿时那一幕：
鸟群之外，总有离群的一只，
盘旋于林中，嘶鸣于世上。

大地之上

我最熟悉的是泥土：

沙土蓬松，几乎不需要翻耕；
黏土板结，为不耐旱的植物保存水分。

我最熟悉的是泥土上的众生：
雉鸡翻越树林，衔回一天的粮食；
老人登上山顶，为自己寻找葬地。
秋天，树叶落尽，枯枝间露出
一个个巢，枯草间露出一座座新坟。

我最熟悉的是离开泥土的人，
像一粒种子，被掷于田野之外，
独自生根，发芽，将稀疏的枝叶
变成自我荫庇的树林：飞鸟成群，
还如在山中那样叫着；而涌到嘴边的
那句方言，已找不到可以对应的情景。

最甜的梨是不是最好的梨

梨子还没有成熟，
果实蝇就来了，
长得像蜜蜂，
也像蜜蜂一样
射出尾针。许多年后，
我才知道它们叫果实蝇，
借助尾针，
它们把卵排进果肉。
很快，梨子成熟了，

幼虫孵出，果肉开始腐烂，
我喜欢这些
被果实蝇糟蹋的梨子，
削去腐烂的部分，
残缺的梨子
有整个梨子的甜。

是我离开了他们

一个孩子在山路上跌了一跤，鼻血直流
他还不知道采集路旁的蒿草堵住鼻孔
只是仰着头，一次次把鼻血咽下去

一个学生放下驼峰一般的书包
从里面取出衣服、饭盒，取出书本、试卷
最后是玩具：纸飞机翅膀很轻，纸大雁的翅膀更轻

一个青年在世上隐身了二十多年
只有影子注视过他，只有词语跟随着他
他想说的不多，活着的路上不需要说太多

都不在了，孩子、学生、青年
都不在了，山路、书包、可供隐身的人世
我曾伸手想要挽留，却只是拦住
想随之而去的我。是我离开了他们。

夜　路

父亲把杉树皮归成一束，
那是最好的火把。他举着点燃的树皮
走在黑暗中，每当火焰旺盛，
他就捏紧树皮，让火光暗下来，
似乎漆黑的长路不需要过于明亮的照耀。
一路上，父亲都在控制燃烧的幅度，
他要用手中的树皮领我们走完夜路。
一路上，我们说了不少话，
声音很轻，脚步声也很轻，
像几团面目模糊的影子。
而火把始终可以自明，
当它暗淡，火星仍在死灰中闪烁；
当它持久地明亮，那是快到家了。
父亲抖动手腕，夜风吹走死灰，
再也不用俭省，再也不用把夜路
当末路一样走，火光蓬勃，
把最后的路照得明亮无比，
我们也通体亮堂，像从巨大的光明中走出。

琴

拨弄琴弦，那声音
不是我想发出的。

丝弦紧缚，每一根都有
百斤之力。何来悦耳之声，
当它发出声响，
先有一阵颤抖，
是替我说出不安，
也是呼应那些远古的平静：
在山中，在河边，在清风
吹动的衣襟之下，
我让万物开口，而我不再说话，
这沉默才是我想表达的。

已经在黑暗中待了很久

真正的黑暗是光消失的那个瞬间
你无法适应的那种黑暗。
你要先闭一下眼睛，
才能看到黑暗中的星星点点。
你要长久地置身黑暗中，
为了看清黑暗中的星星点点。

选自谈骁诗集《说时迟》
武汉大学出版社，2021 年 7 月

龚学敏诗集
《濒临》

龚学敏，“60后”，四川九寨沟人。1995年春天，沿长征路线从江西瑞金到陕西延安进行实地考察并创作长诗《长征》。已出版诗集《九寨蓝》《紫禁城》《纸葵》《濒临》等，以及李商隐诗歌译注《像李商隐一样写诗》。

龚学敏诗集诗选

白鳍豚

和天空脆弱的壳轻轻一吻，率先成为
坠落的时间中
一粒冰一样圆润的白水。

要么引领整条大河成为冰，把白色
嵌在终将干涸的大地上
作化石状的念想。

要么被铺天盖地的水，融化回水
只是不能再白。

时间就此断裂
如同鱼停止划动的左鳍，见证
筑好的纪念馆，汉字雕出的右鳍。

干涸的树枝上悬挂枯萎状开过的水珠
冰的形式主义，衰退在水的画布上。

手术台上不锈钢针头样的光洁
被挖沙船驱赶得销声匿迹
扬子江像一条失去引领的老式麻线
找不到大地的伤口。

邮票拯救过的名词，被绿皮卡车
拖进一阵年代模糊的读书声中
童声合唱的信封们在清澈中纷纷凋零
盖有邮戳的水，年迈
被年轻的水一次次地清洗。

那粒冰已经无水敢洗了
所有的水都在见证，最后，成为一本书
厚厚的证据。

金钱豹

1970 年代，县供销社收购站墙上一直挂着一张从农民手里收购来的金钱豹皮。

——题记

来吧
前世的霰弹被我开成了满身的花朵。

铁在风中疾行，村庄在我身后一点点地迷路
青冈树冠腐朽的气息
用铁的速度弥漫。

黎明与黄昏缝在一起
人迹成为间隙
成为我遗产中无力的绝望。

我把铁种在地上，发芽，生长
村庄在树荫中苍白，唯有遗憾。

我把铁攥在皮毛的拳中奔跑
奔跑的距离，决定铁的长度
我越快，铁就越慢
村庄留给自己腐朽的时间就越长。

我用铁奔跑的速度划出的线，钓鱼
森林的餐桌被天空的白布裹胁
饥饿的鸟鸣。我浑身的钱
成为村庄飞翔的诱饵。

来吧
霰弹的花朵，已经把我招摇成
最后一面旗帜，一个被钉在墙壁上的
动词。

西双版纳寻野象不遇

厌世的溪流用镰刀从地图上砍掉竹林
女人开始以白为美

人心愈来愈野，而野象形同久违的诗句。

热带尚存
雨林如天气预报喊旧的名字
被催雨弹纷纷打成散装的云朵
已经失去乳房的圆润。榕树的记忆
匍匐在白描的连环画中，时间和童年
旧成枯瘦的笔画。

依山长出的楼盘，用钢铁的牙
把山咬死
不停复制出的死尸
是马路的同义词，扮演向导
牵引理想主义描述的雨，哀悼基诺山
和她 20 世纪的外套。

我不配出门
置身书中的滇越，世间安宁，空调不炎凉
可是，象牙已被描黑，泼再多的水也枉然。

象牙的灯被黑暗压迫得无路可走
我在虚拟的灯光下读书
在古时的象群里写信
仿佛，铆在夜空中的萤火虫。

只是夜空也空
我用摸象的手，摸不到孤寂的苍茫而已。

水　母

那些消失的浪花，是大海蜕去的皮，
体温日渐升高，
大海眩晕，呕吐在沙滩上的油沫，橡胶，
有机物的残骸，
以及半死不活的传闻。

天空脸色苍白，怀揣的大海
像是间歇性的心绞痛，
把时间锯成一个个遗弃的
白色塑料袋。

我只是大海不经意间说错的一个句号，
与白色塑料袋，成为姊妹，
停在天空与大海玻璃碎片的沙滩上。

鳄　鱼

事物的颜色和池塘的水一同被风抓紧，
干瘪的日子一个个锈在一起，貌似
鳄鱼一次次死去的皮，
潜伏在日渐干旱的风声中，
嘶哑的鸟鸣像是天空摔向大地上的裂痕。

风把风逼进沙漠，风死了。
风的干尸簌簌地响，
像是天上掉下来的一串串日子，
对着感冒的大地，不停地假装咳嗽。

鳄鱼身上的钱币，快速升值，正午热浪的刀，
把潮湿的凌晨，
零售给天空中憋气的闷雷，
燕子逃窜，人们是飞不走的影子。

砍断歌声的是在歌声的树荫下唱歌的人。
雷声作证，大树在一个个烙脚的日子上
奔跑。

穿着鳄鱼的鞋奔跑的人，
围绕池塘树冠状越来越弱的信号，
翻检天气预报中的警惕。

鳄鱼在谎言的泥泞中，只能翻一次身，
如同，自己流下的最后一滴眼泪。

丹顶鹤

沼泽的叹息被抽烟的人吐向天空
树淹死在云朵中，

故乡沦陷于推土机履带的剪刀

天空被剪烂，几块节日的补丁
是纸叠的创可贴
栖息在一棵树的河涨出的唳叫中，相互
成为疗效。

长寿的雪花被烟囱越涂越黑。

大地用烟囱的欲望踮起脚尖
追赶系在塑料松枝上的时间。

沼泽的老花镜将躺着的时间变形出来
鱼苗黑白的饲料
在人世的草茎上哆嗦，把红色
嵌在帽子状的头顶，扮着鹤顶红
用毒死的自己
提醒过往的筏子。

大地和海在滩涂的桌上谈判
大地用土死一寸
海用水也死一寸
唯有人工的阳光的卵壳，哀悼逝去的光
和被火车拉长的唳声。

选自龚学敏诗集《濒临》
百花文艺出版社，2021 年 6 月

梁平诗集
《时间笔记》

梁平，1955年生于重庆，现居成都。出版有诗《家谱》《长翅膀的耳朵》《嘴唇开花》《时间笔记》以及散文随笔集《子在川上曰》、诗歌评论集《阅读的姿势》等15卷。曾获第二届中华图书特别奖、巴蜀文艺奖金奖、《中国作家》郭沫若诗歌奖、十月文学奖、《北京文学》诗歌奖、《中国诗人》诗歌奖、第五届中国长诗最佳成就奖、中国作家出版集团奖·优秀作家贡献奖等。

梁平诗集诗选

我肉身里住着孙悟空

我肉身里住着孙悟空，
迷迷糊糊我进入了自己身体，
从哪里进入不得而知，
但是自上而下，有坠落感。
与大圣相遇的时候，
没看见妖精和妖怪。
五脏六腑犬牙交错，
无休止的博弈和厮杀，
并不影响我面对世界的表情，
真诚、温和而慈祥。
我清点身体内部历经的劫数，
向每一处伤痛致敬。
我和悟空相见恨晚，
一个眼神可以托付终身。
从胸腔到腹腔相伴而行，
胆囊的结石在火眼金睛的照耀下，
正在生成舍利子。
悟空说，妥妥的，

比我师父的肉更金贵。
肠道里巡游十万八千里以后，
分不清我和悟空，究竟谁是谁？
看见自己手执金箍棒，
站在身体之外，一路昂扬。
天地之间有祥云驾到，
额头上的时间，年月日不详。

经常做重复的梦

我有一个梦，
在不确定的时间里，
重复出现。
我记不住它出现的次数，
记得住情节、场景和结局。
这个梦是一次杀戮，
涉及掩盖、追踪、反追踪
和亡命天涯。
我对此耿耿于怀，
这与我日常的慈祥相悖，
与我周边的云淡风轻，
构成两个世界。
我怀疑梦里的另一个我，
才是真实的我。
我与刀光剑影斗智斗勇，
有柳暗花明的胜算，
甄别、斡旋、侦查和反侦查，

从来没有失控。
而我只是在梦醒之后，
发现梦里那些相同的布局，
完全是子虚乌有。

在某个夜里突然失踪

然后，夜里多了很多追光灯，
从不同的方向追踪我。
在追光灯与追光灯的缝隙间，
有一张红木八仙桌、一壶酒，
空置七个座位、七个酒杯，
想象七个人陆续到来。
我看不见他们的五官，
他们说自己的方言，
而且自言自语，滔滔不绝。
我发现他们看不见我，
根本不知道是我摆放的酒席。
此刻有一束光打在桌上，
像一把利刃划过，
几只被切割的手有点惨白，
酒杯稳稳当当没有泼洒。
我的酒杯，和我又一次失踪，
夜还在继续走向纵深，
再也不会有人与我萍水相逢。

花名册

进入你生命里的花名册，
构成你生命的全部。
比如家族基因的大树，盘根错节，
枝繁叶茂。而这些之外，
东西南北的张三李四王五，
上下左右的赵八钱七孙六，
都是人世间来回一趟，
从始而终。起眼每一个站台，
熙熙攘攘、勾肩搭背、擦枪走火，
如同家常便饭。
至于眼睛里夹沙子，
鸡蛋里挑骨头的强人所难，
就当是最轻松的游戏。
所有邂逅与相识进入花名册，
所有朋友与对手进入花名册，
时间堆积，如同著作等身。
珍惜你的花名册，就是珍惜自己，
别在生命的呕心沥血里，
假设敌意与对抗，平心静气。

爆破音

在书房听窗外的鸟鸣，

缠满绷带的时间婉转地流走，
轻缓、曼妙得像赝品。
浸淫久了，小夜曲每个节拍，
都在凌迟我的身体。
看见太多不想看见的，
听到太多不想听到的，
说不出话来，嗓子有异物阻碍。
我的血液和呼吸在胸腔里，
集结成气流，攀缘而上，
我在气流的上升中收腹挺胸，
眼睛平视前面的方向，
整个世界只剩下翻书的动静。
此时此刻，只需要把嘴打开，
气流喷薄而出，发出爆破的声音，
闪电把一把手术刀挂在天上，
我的爆破音，排山倒海。

喜欢厌倦

厌倦时刻分明一日三餐。
厌倦早出晚归两点一线。
厌倦书桌前半真半假的抒情。
厌倦阳台上一丝不苟的色彩。
厌倦甜言蜜语。
厌倦风花雪月。
厌倦瓜熟蒂落。
厌倦水到渠成。

厌倦阴影虚设的清凉。
厌倦落叶铺满的哀叹。
厌倦口蜜腹剑钩心斗角。
厌倦虚情假意心照不宣。
我喜欢厌倦，
循规蹈矩顺理成章按部就班，
让我迟钝、萎靡、不堪，
形同行尸走肉。
厌倦，厌倦，厌倦流连忘返，
把过去的每一寸光阴
清空。留一块伤疤，
独自刀耕火种，日月可鉴。

布达佩斯

多瑙河从布达佩斯穿城而过，
左边上岸的布达，与右边上岸的佩斯，
都记得裴多菲的炽热。
城堡上的落日涂满天边的口红，
迷幻而性感。
此刻，很适宜斟满酒杯，
在河边偶遇那只静卧的小船，
那是生命之外，爱情和自由的暗示
被我一饮而尽。
蓝色的记忆浮出水面，
然后升腾、汹涌，直至把我淹没。
不需要找其他任何理由，

这是一个很容易就爱上的城市，
在漫不经心里，束手就擒。

选自梁平诗集《时间笔记》
花城出版社，2020 年 4 月

董进奎诗集
《针灸是处世必需的手艺》

董进奎，河南洛阳人，“70后”。作品散见于《人民文学》《中国作家》《诗刊》等上百家刊物及多种诗选；著有诗集《看见一枚古韵的彩陶》《针灸是处世必需的手艺》等多部。曾获第五届《中国作家》郭沫若诗歌奖、中国诗歌网年度十大好诗奖、《延河》年度最受读者欢迎诗歌奖、《大河》诗歌双年度诗歌奖等。

董进奎诗集诗选

龙　门

光阴这潭水是一生死劫
往下游，容易混浊、泛滥
不定向的石头走在叫嚣的喉咙里

我偏爱逆流而上的事物
常细小、执拗、大胆
比如我看见的那条鱼吞尽泥沙
游向清澈、安静，不为人知的溪流

水中的残片，有断臂有头颅
成熟的石头是盘坐的佛
不出龙门，喜欢看台

一个女人用心经把泪打造出三彩
留下繁华，也挤进石龛

吹箫人

对着一截掏空的木头
诉说衷肠，几个孔比一个孔强大
弯弯钩钩吐不出的那口气
被缓缓捋直、释放

木头内心也有腐朽的往事
切口疼痛，呼吸新鲜也美妙
道路拥挤切口是转向或立交
我让过无数人，也让过自己

我的切口是小憩，把板凳暖热
把自己掏空、淘净
此时，一条思想的鱼坐在河床上

口　琴

把一肚子混装的气体压制在口腔
风爬上几个台阶，跳过几个台阶
又跌下几个台阶，氛围提高到炊烟飘缈的高度

沿着回家的路，踩踏着地丁、蒺藜
推演出村庄、灶台、距离
推演出一根银丝绑定的一场雪

被母亲蹲坏的那道门坎
多么像一叶搁置的簧片
每日每夜无声地喊，欲把我的小名喊成春天

怎么想母亲怎么像那头道遮挡寒潮的风门
呼喊的、破损的声音接送我二里
错乱的弹跳温存在舌尖上，含一勺拌蜜的和音下咽

一叶微笑不知落入谁的掌中

四壁四把刀
严实、周密，空洞
蜂的空洞是巢、是蜜
是把握的一囊好毒、独处

此时，夜被分割，分我一块
一直黑下去的蛋糕，守着
念珠的空洞挖的浅凹，只有默念
木鱼的空洞，一层皮撑大了嘴巴

而我，愿聋、愿哑、愿盲
愿石头、泥沙、木头填补我所有的缺口
空洞不再外溢，我的空洞在于
一叶微笑不知落入谁的掌中

针灸是处世必需的手艺

能长出针刺的植物大都内向
比如酸枣树、仙人掌
乐于贫瘠所以寡言
所以行走的针脚小心翼翼

用它们的针刺挑破过附体的脓肿
用它们的肉泥敷在热毒攻心的关节上
它们是必需的供品，修复了我过多的缺失
我把自己也打磨出了刺

面对恶疾，我也学会了烧红自己
针灸是处世必需的手艺
十指纤纤、尖尖，通过刺挑出刺的
还有母亲绣花针下壮丽的河山

绳　子

一根绳子爬上树
放条灯芯，泡在月光里

它想回到坡上的棉麻地
想直直腰身，简单婆娑地活
其实种麻的人收了一茬

已沤在泥浆里
还错一段扭捏的路

玉米棒子攀上绳索
吊在空中，着最后的盛装
像虚胖的老人，一脚蹬空
整个村子荡在风里，打一盏灯
还剩一茬白地未耕

一朵云走过
藏一团犹豫的绳

人心不能以碎瓷传续

一样的工艺、火候
活着立世，看一次绝对的偶然
被慧眼审视、抛弃

瑕疵是换骨的胎记
是美人微笑点睛的花蕊
也是肉体里的瘤

从泥中脱胎、成器，在破碎中怒放
每一瓣青花都是
躺在风中欲回归的响器

紧掩住自己的缺失，开裂的瓷片

让我倾听到它内心千古淡定的呼吸
而人心不能以碎瓷传续

我不知道一些木屑疼痛于闲言碎语

树被解析，经受住了锯
支撑起生活踏实的部分
我不能全部抛弃包裹风霜的皮
截取片段，装裱成册

让苍白的墙记住野外颠簸的风景
让一只小兽溜出来
回忆没有路的家——原野与森林
详读几点光滴落溅起的鸟鸣

我木讷、固执，心思缜密
利于刻刀尖锐地行走、塑造
我不知道一些木屑疼痛于闲言碎语
每一层年轮破碎，也在梦圆时分

一扇门

门居门外，框子不在
门搭儿连环、无绪
雕花的门墩蹲在喉咙里交易
昔日，门缝里的风景拥挤

包浆泛出月光
沉浮多张擦伤的脸

木纹深处卧着一声叹息
那年燕子成亲，密不透风
门把一个女人困成了好媳妇
户枢想蠹没蠹
小女出嫁，门轴碎了一下
没关住厨房的香辣

门居门外回望，铁板一块
门守着尘世，欲关上自己

选自董进奎诗集《针灸是处世必需的手艺》
四川民族出版社，2021年1月

韩文戈诗集

《开花的地方》

韩文戈，1964 年生，冀东山地人，现居石家庄。先后出版诗集《吉祥的村庄》《渐渐远去的夏天》《晴空下》《万物生》《岩村史诗》《虚古镇》《开花的地方》等，荣获多种诗歌奖。

韩文戈诗集诗选

活着是一件神奇的事

想想偌大的宇宙里
曾有个叫韩文戈的闲人活过，我就激动
他曾爱过，沉默，说不多的话
在地球上，他留下短暂的行旅
像一只鸟、一棵树那样
他在宇宙里活过，承接过一小份阳光与风

想想在茫然无际的宇宙里
曾有一个星球叫地球，地球上有一座山叫燕山
山里曾有一条河叫还乡河，我就幸福
想想我就在那座山里出生
又在那条河边长大
这难道不是一件神奇的事吗

我还将继续活，偶尔站在河边呼喊
侧耳倾听宇宙边界弹回的喊声
继续爱，继续与鸟、树木和那个叫韩文戈的人交谈
然后仰望星空，捕捉天籁

惊叹星空和星空下大地展开的美丽
也记下一些罪人对另一些人以及诸神的冒犯

开花的地方

我坐在一万年前开花的地方
今天，这里又开了一朵花。
一万年前跑过去的松鼠，已化成了石头
安静地等待松子落下。
我的周围，漫山摇晃的黄栌树，山间翻涌的风
停息于峰巅上的云朵
我抖动着身上的尘土，它们缓慢落下
一万年也是这样，缓慢落下
尘土托举着人世
一万年托举着那朵尘世的花。

喜　鹊

秋天的喜鹊站上快要落光叶子的白杨枝头
它用粗嗓门不停地对着我大声叫
就像从前，一群熟悉我的大喜鹊、小喜鹊
反复飞过村庄的屋顶
从这棵树到那棵树，它们追着我的脚步
正如我跟我的伙伴们，在秋天，在父母的土地上
所看到的那样
就像在海上，南十字星悬在南半球水手的头顶

北斗星悬在北半球水手的头顶
为地球上所有迷失的船只指引回家的方向

在库布齐沙漠

起伏的沙漠，到处都是黄金与盛世的骸骨
这还远不是全部，风继续吹出沙子藏起的时间的形状
像一道道细小的波浪
如果此刻有人谈到另一个人的死，或谈论他自己的死
没人会感到惊讶，他们正震惊于眼前无尽的时空
站在一条正在枯干的沙地小河上，微风吹动红柳与芨芨草
不再谈论死亡吧，所有人想到的其实是生
生也是不能谈论的，它与死一样
一对孪生姐妹，居住在短暂的白天，漫长的夜晚

很多个上午十点

很多个上午十点，我坐在办公桌前
眼睛因阅读或起草公文显得疲惫
闭一会眼，走到窗前，想向外远视
前面的高楼遮挡了我的视线
此时正值上午十点
我总会听到楼房的那一边
栗胜路小学在播放音乐
那青春的音符使我如一个老人回到了少年
很多个上午十点，我坐在书房写字台前

当我改完新写的诗，会走到凉台上
为植物们喷喷水，或抚弄一下它们的枝叶
会听到楼下的幼儿园传出一小段乐曲
以及孩子们放肆的呼喊
这使我如一个老者突然间遇到自己的童年
很多个上午十点，我在很多个异地也有同样的经历
很多个上午十点，就应该是这个样子
全世界都会播放一小段音乐与孩子们的欢乐
就该是少年与童年的时间，尽管它那么短，那么短

马儿与信使

当然记得少年时我养过的那只小马驹
尽管记不得那时我自己的样子
后来马儿死去，它的毛皮与骨架
埋在河边草地，马蹄声被风埋进了烟尘
它的精魂却附在我身上
一匹识途老马，跟了我五十年
每天驮着我逐渐松垮的肉体走南闯北
如今它却迷了路，不知怎么走
路标被雨水冲毁，路径也变了走向
我也记得有个少年把他此生的第一封信
交给了我，我就是那骑马的绿衣信使
信件一直带在我身上
但信封上收件、寄件的地址都已模糊
收件人、寄件人也已不在人世
我和我的马还走在老路上，正在老去

仿佛无家的人，既回不到原点
也抵达不了那封信终生期待的地址

傍　晚

天黑的时候，我一个人在家
就会晚一些开灯，看着窗外或坐在沙发上
不是为了省电，只是想让自己
潜进幽暗而无所思
或倾听白昼猛地折向夜晚的窸窣声
我听到手心里某种无名事物
那无可把握的消逝
天黑时，如果我们两个都在家
我会及时打开灯
让温暖的光充满我们每个熟悉的房间
并照亮我们的脸庞
我不想两个人在幽暗里说话
像隔着山梁的两个寂静的山谷
看不到彼此的脸
也不想两个人同时倾听到
那种幽暗的消逝所带来的伤感
如果可能的话
我们总是要这样面对面
就像面对我们的房间，熟悉又不厌倦
耐心听一个人把话讲完，尽管我们都知道
彼此要说的会是什么

灰烬的意义

恨一个人时，人们常说
即使他烧成灰，仍会被人认出来
其实爱一个人也是
即使烧成灰，仍能把他认出来
人的一生早晚都要化成灰
只是更多的人成了真正的灰烬
既没被爱过，也没被恨过
如同轻风吹过，白来一趟人世
而时间的痕迹、历史的痕迹
只能从深爱或大恨之人的灰烬中
被辨认出来

天黑了，天亮了

天黑了，我就写天黑的诗
天亮了，我就去写天亮的诗
不过有时候，天黑了我也写天亮的诗
天亮了我也写天黑的诗
那是因为天黑了，我心里的天亮了
天亮时，我的心里又黑了
如果你看出来了也别告诉那些孩子
他们正是天黑了他们也黑了
天亮了他们也亮了的年纪

如果你没看出来，也没什么
我写什么，你就读什么
或者我写什么，你什么都不用读
你只需忙你手里的活儿，一边看着天黑了
一边看着天亮了
兔子在山里跑它们的
羊儿在田边继续吃它们的青草

选自韩文戈诗集《开花的地方》
花山文艺出版社，2021 年 6 月

雷平阳诗集
《鲜花寺》

雷平阳，1966 年秋生于云南昭通土城乡欧家营，现居昆明。著有《风中的群山》《普洱茶记》《我的云南血统》《雷平阳诗选》《云南记》《雷平阳散文选集》《鲜花寺》等作品集十余部。曾获昆明市“茶花奖”金奖，云南省政府奖一等奖、云南文化精品工程奖、华文青年诗人奖、人民文学诗歌奖、十月诗歌奖、华语文学传媒大奖诗歌奖、鲁迅文学奖等。

雷平阳诗集诗选

弹　奏

在老虎背上放了一张琴
老虎也乐意听我为它弹奏一曲
但我，顿时失去了常态，不知道
弹奏什么曲子为好
最终什么也没有弹奏
就在老虎背上放了一张琴

众　我

孔子的我痛击
庄子的我。狮子的我每天嚼食山羊的我。
和尚的我拒绝与神父的我共用一颗心脏。
此我刚在大观楼下的波涛旁边
安然入睡，彼我开始在梦中制造炸弹……
——众我之中，尚无一个我，
令众我听命于他。这一场内乱，
他们，长着几十个脑袋的我，还在为

个人自治而荒谬地搏命。
像一群禁闭在悬崖上的中世纪的幽灵。

一　念

在虫蚁和蛾蝶的肢体中找人
人们用灭了多少繁星、灯笼和菩萨心
将恐龙、大象和蓝鲸，以及众神
引入人类的个体，我们变卖了
祖传的地契、钱庄、书橱和骏马
还屡次想把雪山之众改编成一支战前
向着天空挺进的军队，但都以沉默告终

今　夜

今夜，世界在我身上
提灯外出找人
今夜：一头白老虎。唯美，骄傲
出现在昭通府一位僧侣的书中
始终与作者保持几公里的距离。但它后来
还是被饥饿的人士所屠
作者说："我在昭通，弯着腰化缘
没有看到过，没有被虎血染黑的石头。"
今夜，我学会了屠虎的办法：从几个方向
围堵它，让它逃进一个天坑
然后再用箭或枪射杀它

在乌蒙镇小教堂门前

坚果壳内，种子的动力与胜利
是我一生中稀缺的
日常生活内容。夕照拉倒冷杉塔状的影子
群山静候黑夜收走万物的外形
——我徒呼奈何，不以它们对应
我中之我一个个地丧失
有风如玉指翻动衣领，亦有明月
在落日未落之前挂在了小教堂的电视天线上
我移步至祈祷毯那么大的一口水窖边
撩水洗脸。水中的腐叶
触手即灭，而我内心的烦恼、杂念
只能容我去到别的地方
再慢慢地清空，不在此处打开魔盒

澜沧县的落日

江水流向落日，群山朝着落日低头
天空，也为落日倾斜……
万物统一感恩于
伟大而疲惫的发光体。在惠民乡
一条半明半暗的山梁上，站着一群
合十仰望的僧侣。白鹤振翅飞向落日的一幕
他们认为，那是几个寨子里的白衣人

从大金塔的尖顶上缓缓升空

暮晚观云

暮晚，天空里出现了
一座座移动的雪山。落日之光照耀，
一如绛红色的圣城，但里面还暂时无人。
我坚信这是天空又在创世，我们虚构多年的
天堂，天黑之前，
正在朝着未知的星空转移。

松　果

清除不了自己的重量，一枚松果
在观斗山的斜坡上向下滚动。开始时
受制于草丛和凸起的石块，滚动的速度不快
像一只不想飞行的鸟，步行着去山下
寻找水源。后来，坡度陡峭
而且遇上了一座绝壁，它开始向上
反复地跃起，并且飞了起来
它用身体勾画出来的弧线，超出了斜坡
所能承受的上限。所以，谁都没有看清楚
弧线画完之后，它终止于谁的怀中
或是否追上了那个被寄予厚望的自我

银杏终于掉光了叶子

冬天的宪兵队从空中来到。堆成塔状的黄金
被精心铸造成一枚枚金币
通过抛物线，上缴给他们。雅歌
唱完最后一首，树底下的唱诗班就地解散
石匠继续砌墙，理发师继续打扫
掉了一地的头发，会计师继续装订票证
公务员继续接受绑架，沉浸在诉状
虚构的罪恶中。我被他们所遗弃
看见银杏树的叶子终于掉光，见证了
完美减少到零的整个流程。也看见
在这“永恒”之后的第一天，阒寂的枝条
围绕在树干的四周，自觉地均分
从天而降的劫难。我希望银杏树的劫难
也能分一份给我，我也有一身的黄叶和枯枝
可以用来换取一点儿未知的礼物
但另外的，来自无量山的朝觐者搅乱了
这低温中涅槃的一幕。他们断定
银杏树掉光了叶子，一座宝塔随之崩毁
手上攥着冥界出土的金币，汇聚到银杏树下
幻想着能将金币牢固地安装到枝头
我执拗地保持沉默，直到有人怂恿我
爬到树上，扮演不被悦纳，一次次从树上
掉下来的角色，我才“啊”地大叫一声
与他们告别，踏上寻找另一棵银杏树的旅程

他们，对我的离开无动于衷，继续站在
光秃秃的银杏树下，和天空的宪兵队
商议着什么。那心神不宁的模样
就像是风雪来临之前，一群
满身打着补丁的园丁：他们无畏地相信
某种新的宗教即将诞生在银杏树的枯枝上

今　天

喜鹊筑巢的树枝
由杨树换成了红豆杉
蜜蜂采蜜的花丛
由野花变成了玫瑰
剧变清空了我们脸上的杂物
也让河床高悬至我们头顶
外婆在世，还有人喊魂
我们在坟地里也能安然入睡
现在，看见书本上的枪
我也会一惊
觉得它正向我射击
而我的血，竟然怎么流，也流不完

光芒山

不经意走入了一片树林
树的名字我不知道。它们就像

烟霞中走出的一群古人
我喊一声“五柳先生”，他们摇了摇头
我又喊“王摩诘”，他们一惊
纷纷转过身去，还以为王摩诘
来到了他们身后。我第三次
叫喊的是一个不存在的人名
他们互相打量了一下，每一个都欣喜地
回应了我。山居的时光，我是如此地
依赖一棵棵树。看到它们
绷得笔直的腰杆，我佝偻的腰身
仿佛就多出了一根根坚挺的硬骨头
它们的枝叶间藏着很多种鸟儿
听到鸣叫，我就会觉得有很多人在头顶上
为我抚弄琴瑟。我在它们中间随俗从流
做过每一棵树的影子，和每棵树一样
用影子安慰过自己的落叶
曾作为折断的枯枝，在空中
感受过死亡来临时向下坠落的宁静
某些黯然神伤的节日，我想我就是
一棵麻栎，叶片上挂着闪光的露珠儿
在它们的领空内
像个孤儿院里饱含热泪的孩子

选自雷平阳诗集《鲜花寺》
北京十月文艺出版社，2020 年 10 月

慕白诗集

《开门见山》

慕白，浙江文成人，“70后”。作品散见于《人民文学》《诗刊》《新华文摘》《中国作家》《十月》等刊物；诗歌入选多种年选；著有诗集《行者》《开门见山》等4部。曾参加《诗刊》社第26届青春诗会；曾获十月诗歌奖、红高粱诗歌奖、华文青年诗人奖、浙江省优秀文学作品奖等。

慕白诗集诗选

途经霍林河冰川遗迹

神呀，那么多人一起上山
为什么只有我看见你的模样
像一位头戴鲜花的牧羊少女

神呀，这草原上站立了
亿万年的霍林河冰川
只有你的出现才让石头开了花

神呀，如果你回到人间多好
我们可以时时刻刻并肩站在一起
不再关山万里，不再形同陌路

神呀，你我都知道
我们都只是短暂的停留
隔着两个世界，彼此没有通道

春中茶园作

茶的生与死，只在一场春雪
满目春山尽白头，人走就凉
春寒胜于人祸，只有沸腾的水知晓
茶香来自苦寒，活着不易
被折戟，被杀青，被揉捻
被发酵，被烘烤，被赴汤，被蹈火
遍尝人间滋味，茶出身于农家
性苦寒，功效止渴、明目、益思
消炎解毒。死是一件自然的事
茶的一生，总是无法为自己除烦去腻
驱困轻身。在这春天里
雪地江山如画，只有这小小的草木
灵魂中长满不为人知的悲伤

吃茶去吧。群山之巅，人心为峰
草木之心，一岁一枯荣
蚯蚓在地底用柔软的身躯耕耘
而世界空旷，虫鸣闪烁其上

在春天，你是必不可少的

在春天，你是必不可少的
红豆杉是必不可少的

青冈栎也是必不可少的
但我不知道你是谁
不知你什么时候能够回来
比起我对你认识的贫乏
这些都显得微不足道
我知道你在，任何时候都在
有时是一缕花香
有时变成一阵风藏匿进一棵草里
我甚至感受到了你的呼吸
听到了你的心跳
你为什么就不肯出来见我呢
时光那么短暂
快出来见见我吧
哪怕你是不远处的那一段斜坡
我也要跑上去拥紧你
清晨的雾像天空的一道伤口
你的名字比影子更为寂静

顽石赋：赤水河、飞云江访石，得句兼赠大解

石头不会开口说话
只开花，不喊苦，不哭也不说痛
石头也不吃饭，不穿衣服
不睡觉，不谈情说爱
石头就是石头

石头不是傻子
说它傻真不是傻
石头不是从天上掉下来的
石头是石头它妈生的石头
石头它妈也叫石头

石头没有父亲，不管石头是不是无性繁殖
一块菊花石或者一块鹅卵石
石头无好坏
玉石，玛瑙，翡翠，水晶，玻璃
石头就像人的心
只有喜欢和不喜欢
你说，石头质硬，形异，色泽光鲜
奇石可通灵，方可收藏

石头就是石头
写《石头记》的说，天下人都痴
你给石头过生日，你给石头取小名
它们就是你的儿子和闺女
你上天入地，你思接洪荒
你爬楼梯手摸月亮，你到水里找石头
今天，我不写诗，也不为石头
相隔三千公里，在两条河里陪你走走
我不是傻子，我在人生中摸爬滚打多年
我已失去棱角，我圆滑，我八面玲珑
我不会对石头痴迷，我不可能成了半个傻子
你大解，我不解

四月七日遂昌逢刘年

前年镇雄见，去岁在北京，今日遂昌
刘兄，你从湘西到云南，为了生活，南辕北辙
衣袂粘满八千里路云和月，工业时代
诗人何为，八百里加急，魏晋已远
归去来辞，春山易老，生年不足百岁
你退守在一首诗里，笔耕天下，忧国忧民

李杜诗文，死可以生，不负春光
贫寒书生，情不知所起，钱塘江瓯江
江河入海，仙霞岭、九龙山、南尖岩，山川一脉
遂昌不是唐宋，牡丹亭外十里春风
姹紫嫣红，良辰美景形同虚设
理想的距离，文成到北京，野菊花开
这人间苦什么，不过情而已
汤显祖已经死去400年，扶犁播种
村庄看不见炊烟，班春劝农成了国遗
人生难得梅开二度，何必为真

南溪就在城里，南山却总在视线之外
人生就是一条小河，走着走着就分了岔
流水都有无形的鞭子，此去经年
戏中人游园惊梦，风吹春水
一往而深。你我真实人生，长亭更短亭
古来圣贤皆寂寞，有酒须尽欢

再误一回国吧，江山不过是一曲戏
小楼听雨，南柯一梦，流年似水
我只愿在江南与一有情女子厮守终身
为死为生，痛痛快快爱上一回
你且快马加鞭，返回你的京都与烟云

草原日落

夕阳有爱不够的人世
沉默不语
低着头
从旷野中
落下去
又悄然从
一个人的梦里
冉冉升起

百丈漈观瀑

这才是春天，多么撩人的时刻
峰峦一起一伏，福地洞天灿若星河
万物复苏，春色有无中，鸟鸣山涧
你的桃源在世外，日后不再有

深入山的腹地，溪水潺潺流淌
野花遍地开，娇莺恰恰啼，这一刻

江山有风月，你不春寒，我不料峭
天是蓝的，云是白的，大地为床
我们多自在，风在吟唱，水也温柔

世上闲人地上仙，山道崎岖
常青藤绕着合欢树，忘记爱别离苦
灵与肉的融合，在悬崖边缘
难舍难分，我看到天上日月同辉
为了共度爱河，百丈飞瀑
一泻千里，魂飞天外。乐山爱水
那一日，我尝到了真爱的滋味
生死相依，芳草鲜美，飘飘欲仙
这是第一次，永远都是第一次
我不怕跌入谷底，跌入深渊
不怕跌入万丈红尘

选自慕白诗集《开门见山》
百花文艺出版社，2021 年 3 月

臧海英诗集

《一个声音离开了合唱团》

臧海英，1976 年生于山东宁津。曾参加《诗刊》社第 32 届青春诗会；著有诗集《一个声音离开了合唱团》《战栗》《出城记》等多部。曾获华文青年诗人奖、《诗刊》年度“发现”新锐奖、第三届刘伯温诗歌奖、第三届李杜诗歌奖新锐奖、第三届“诗探索·中国诗歌发现奖”、首届“山东文学奖”新人奖。

臧海英诗集诗选

少数人

……真是难得啊，索道下
有人在攀爬
电梯旁
也留有一条楼梯
一个声音，离开了合唱团

观察一个流浪汉，他的行动和思想
不在这个世界里

从广场的人群里退出来
我想着头顶那颗星球
它也曾在行星的序列之中
如今，走出了行星系
独自飘浮
它有着与其他行星的共同特征
但不再是同类

在半空中上班

坐在康博大厦 24 楼
我怀疑现实的真实性
地面上的事物
纷纷缩小了比例，给我看
相比他们，我并没有离天空更近一些
相反，它的高度和广度
继续扩大着我的小
但我已放弃返回地面的机会
自愿在半空中
做个双脚悬空的人
我的工作，就是日复一日
坐在办公桌前，给天空写信
我看见的闪电，听到的雷声
都是虚无中，接收到的
来自天空的快递

月亮记

又一个物种消失了
新闻中报道。而窗外
月亮升起来了

月亮，也是一个孤本啊

并以每年四厘米的速度，远离地球

恐龙眼里的月亮
比我看到的大
小时候的月亮，比现在大

想到这些，就感觉时间多么快
又多么慢
万物都在这移动中了
我也在其中
每分钟，都离月亮远一点
离死亡近一点

身体论

我们使用它

触摸它容器一样的四壁
它确实承载着我们非物质的部分

存在的证据
每次，我们指向的也只有它
当世界回到一张床上
谢谢你的身体
谢谢我自己的身体

有时也讨厌它

它无节制的欲望
以及对另一个身体的移情别恋

我们最终
失去了对它的控制力

……到了安慰它的时候了
侍奉它的疾病和衰老
看着它从我的母亲
变成我的孩子

我把鸡蛋全放进一个篮子

我依旧每天在家
只做一件事

别人谈论我的生活
与我看他们，用的不是同一个标准
买衣服的快乐
与写一首诗的快乐
当我要这一种
而不是另一种

我把鸡蛋全放进一个篮子

篮子掉到地上，鸡蛋摔破
我也会提着空篮子

现在，我正是这样走在路上

读诗记

策兰用“刽子手的语言”[①] 写诗
茨维塔耶娃，不能获得一份洗碗的工作
布罗茨基，被驱逐出境
我年轻时失去故乡，中年又失去第二个故乡
从这里到那里

今晚，曼德尔施塔姆在流放地说
“我已虚弱到极点”
哦，这正是我要说的。我获得了犹太人的命运
却写不出那样的诗句

曼德尔施塔姆又说
食物和钱对他已没有意义
这句话对我同样有用

喜鹊与鸽子

望着树下的鸟，我说，鸽子
你及时纠正了我：喜鹊

① 刽子手的语言，指德语。

哦，我确实没近距离观察过
喜鹊，但从小看它们飞来飞去
后来，不止一次在城中心，看着一群鸽子在飞
觉得它们是一样的
当鸽子飞进一扇打开的窗
才意识到，它们是圈养的

在空中，鸽子完全可以飞走
为什么返回笼子？
你用这种鸟的习性来解释：
鸽子，具有强烈的归巢性
在哪里出生，哪里就是它一生生活的地方……

“喜鹊”，我重复了一遍
以便重新认识两个不同的物种
只是我仍旧常常面临，在鸽子与喜鹊之间选择
天空，则同时飞着喜鹊与鸽子

写下的部分

——无不在展示我的匮乏
也成为我反对自己的证据

作为一种羞辱
它们保留下来

现在，在隔壁房间

我没有再让人读到它们的愿望了

可我还是在写
我只能这样认为
“我知道了自己的有限
还在自不量力……”

我能不能这样认为
我写下的，并且还在写
只为了一首诗的出现
一首不可能之诗

选自臧海英诗集《一个声音离开了合唱团》
百花文艺出版社，2021 年 3 月

漆宇勤诗集

《在人间打盹》

漆宇勤，1981 年 11 月生，江西上栗人。曾参加《诗刊》社第 35 届青春诗会。在《诗刊》《星星》《青年文学》《北京文学》《人民日报》等各类刊物发表诗歌、散文 1400 余篇。出版作品《在人间打盹》《靠山而居》《翠微》《放鹅少年》《抵达》等 19 部。

漆宇勤诗集诗选

动　词

剔除修饰、描摹，剔除称谓、夸张
现在我能够从身体里面提交的都是
动词
例如爱，例如收获，例如敲击
例如苔藓
它们都是可以游走活动的词语

除夕的上午去给父亲扫墓
他屋顶的草木是活的，年年新生并长大
屋后的泥土也是活的，有人试图挖出沟堑
我阻止一个制造疑案者于悬崖之侧
替父亲保护好坟头青草蔓延的连贯性
这整个过程，都可以视为同一个动词短语

都可以视为守护、自私、传承……
返回的途中看到没有人迹的雪地上
怕冷的猫和不怕冷的狗都留下了零星爪印
它们让一夜白头的荒地也成了一个动词

我曾有过很多的时间

我曾有过三五面时钟
老式座钟在十三岁时的厅堂响起
借由它我知道深夜的十二点与凌晨一点
拱起被子看闲书的小空间里蜡烛必须熄灭
之后的石英钟似雪糁嘀嗒在租住之所
之后属于我的新居里褐色古朴的钟盘方正
我小心地打上墙钉，扶正一面又一面钟
仿佛借此可以证明自己拥有很多的
时间和可供挥霍之年岁

有一天我的挂钟越走越慢
像母亲腿疾发作蹒跚于乡间小路
一瞬间我以为时间也会老迈而龙钟
直到两节崭新的电池救赎了它
两节电池治疗了我的时间
有一天我的挂钟向一侧倾斜
仿佛为它安家时左看右看仔细摆正的努力不曾有过
倾斜了的挂钟依旧走得准确而神态安然。我的惶恐
只因害怕我的时间也变得倾斜

还有另外的灯陪我一起亮着

目光越过窗户，是空旷的坪地

越过坪地，是另一个小区的外侧
白天的时候我从来没有认真观察过对面的小区
观察 400 米外对面窗户前的人
只有每天凌晨一点
对面小区的楼上也亮着一两块玻璃
让在浓密的黑暗中顽强亮着灯的我
感到安心和温暖。这世间还有另外的灯在亮着
在漆黑处陪我一起

杀鱼的人

这鳞片冷，滑且坚硬
刀子的尖锐超过它们
挣扎剧烈的鲫鱼肚腹洞开
——鱼血也是红的，黏稠而腥
肝、肠、胆、鳔、鳃
都只是肉状的堆积
将肚腹空空的鱼肉放清水盆里清洗
你看见它们摆动尾巴还在游动
和三十秒前从清水里捞出它们时同样

将满手红色的黏稠洗净
只需要抹两遍肥皂就行
然后你进入书房又开始写诗
——写下对生命的尊重和温暖
完全没有注意到敲打键盘的手指上
还有一小片鱼鳞没有清洗干净

紫　薇

后半夜，细碎的花朵脱落于地
夜来不睡的飞虫见证这一切
见证露水濡湿的紫薇次第凋败
三十年前村子里的坡岸上也开着紫薇
蜇人的毛虫给孩子留下尖锐的回忆
那时你便知道，繁复的花丛里藏着疼痛

这么多年过去，剩下人间热闹的紫薇花
越来越娇艳越来越繁密
它们簇拥成团的苗木谱系里有高贵的血脉
与我村子里土生土长的紫薇完全不一样
现在我沉默于紫薇的灿烂和华美
仿佛又记起三十年前虫蜇疼痛的那一瞬

少年时的风

新生的泉水就已古老
那细微且绵长的皱纹无处藏蔽
制造泉水的山岳，养育泉水的葫芦
故事里无所不能的神仙自带年岁特效

在龙背岭，只有风是无法预约的
它吹过山峦也吹过少女纯真的脸，无处不在

看稻浪的人，借助风翻开书一页一页数谷粒
这是少年人站在三合土坪地俯视田垄的想法

那时他想到了书里写的“好风凭借力”
也想到了这周遭的日子都过得像缩水的衣服
胸腹间被突如其来地裹紧
那时他觉得风是自由的，那时他有青云之志

石　头
——兼致秦先凤

阳光落在山石之间，留下尖锐的影子
这嵯峨的丛林需要一些水流来温润

水流，水流从岐山出发蜿蜒于山涧
山涧之外，梧桐栖凤，有春风桃李

下自成蹊。而洪钟大吕更在潮涌之处
面朝大海的人也有一脉相承的理想主义

很遗憾我们都是硬石头
自己预设了崖壁在身后是背景也是退无可退

在疲软的夏日里随波逐流地活着
总要有些坚硬的事物代替骨头撑起红尘里的肉身

不一样的晨曦

——兼致山月

培养细胞并给它们命名的人
你眼里的一切都被分解并无限放大
对肉身保持冷峻者更频繁呼唤母亲
这人间总有一部分人将世界看得更清

总是这样，同路而行的年轻人
其中很少一部分看到不同的风景
如你在一本书的背面所写：
你清醒得比我们早，可以遇见不一样的晨曦

不一样的晨曦与清风同行
在它们的来处：茂林，矮山
穿长布衫的人石上落子
有山月俯瞰而保持君子之不语

松下抚琴者在当下活着，不关心明天的晨曦
不屑于计较一朵茶花与另一朵是否不一样

自白书

我有着将好事情做得一塌糊涂的天赋
也有着将朋友推向对面、将坏事情变好的天赋

爱用蓝墨水写字甚于黑墨水
穿廉价的正装过着每一天

只耕地、播种、除草施肥，流下汗水
不想付出努力去千方百计完成收割
幻想果实在秋天会自己回到汗水的发源地
这日子多么天真但我乐此不疲

撞过很多回南墙，也曾短时天高云淡
有着好玩而不好玩[①]的尴尬命
不敢和你交朋友，害怕在我最困难的时候
你会牵走我的马[②]

眼高手低，有时信命有时不信
很早醒来却不愿起床。早些天已经发现
佛前的灯影照耀着同在大殿的诸物
留下的痕迹也有的深有的浅

选自漆宇勤诗集《在人间打盹》
长江文艺出版社，2021 年 1 月

---

① 好（hào）玩而不好（hǎo）玩。
② 引自哈萨克族民歌。

熊焱诗集

《时间终于让我明白》

熊焱，1980年生，贵州瓮安人，现居成都。曾参加《诗刊》社第23届青春诗会，获第六届华文青年诗人奖。著有《爱无尽》《时间终于让我明白》《血路》等诗集和长篇小说多部。

熊焱诗集诗选

我错过了那些爱

母亲生我的时候已经三十六岁
成熟的风韵宛若九月沉甸甸的稻谷
并在生活逼仄的催促中，迎向冬天的早雪
我爱她
但错过了她青葱的韶华

妻子认识我的时候已经二十二岁
窈窕的青春仿佛姹紫嫣红的三月
满世界都是阳光的水银和纯金的鸟鸣
我爱她
但错过了她玲珑的童年

年过三旬，我在秋天的黄昏等来女儿的降生
她多小啊，一粒白嫩嫩的芽孢
将在岁月的风雨中拔节，结出她十岁的骨朵
开出她十八岁水灵灵的鲜花
我爱她
但将会错过她白发苍苍的暮景

生命终将在最后放手——
我爱她们，这一生已足够

父　亲

你第一次做父亲的时候才二十二岁
而我二十二岁的时候还单身，正暗恋着一个安静的美人

我当上父亲的时候已经三十四岁
而你三十四岁的时候，正养育着四个孩子

我在成长中，曾一次次地与你争执
一次次地，把你当成了毕生的假想敌
直至今日，我都还欠你一个道歉

这些年我翻遍了育儿经，努力地
学着做一个好父亲。这时我才读懂了
有一本书，唯有时间才能翻阅

我的孩子第一次喊我时，我记得
那世界融化的情景
我相信，我第一次喊你的时候
世界的朽木正在逢春

今年春节我们推杯换盏，大口大口地饮
恍若朋友，恍若兄弟

醉了，就要醉了
可我们之间汹涌的爱，却从未提及

你头上已霜雪尽染，我鬓边正华发渐深
岁月的刻刀一寸寸地深入的这个词，叫父亲
中间系着漫长的血缘和生命

今天是父亲节，我和我的孩子相互表达了爱意
我给你打电话，你已关机
我知道终会有那一天，我喊你时你不再回应
正如终有那一天，我的孩子喊我时我也不再回应
我们成为父亲，全都用尽了生死

白 霜

一大早我就起床了，地上茫茫的一片白霜
我的祖母和母亲一同从菜园回来
她们白发闪烁，仿佛在昨夜
她们一直在地里劳作，冷霜凝在头上

那年我才十岁，还未理解年岁的寒冷
而立之年，我也开始鬓生华发
我才懂得，那是寒风劲吹，泪水在岁月中结晶
是我疲于奔命，生活从汗水中提纯盐粒
而夜霜依旧在落，时间的邮差一直在马不停蹄
为那些头顶白霜的人，送着死亡的请柬

如今我年届不惑，冬日回乡省亲
有一天清晨我起得很早，地上茫茫的一片白霜
我的母亲正从菜园回来，满头银发
有着刀锋的冷光，比天地间的寒霜还要清寂
比三十年前祖母的白发还要耀眼
只是那年同行的祖母，早已去了人世的远方
身后白霜铺路，那么漫长，又那么凄凉

一觉惊醒

一觉惊醒，月正中天
梦里，我走过的路弯弯曲曲
有时翻过崇山峻岭，有时穿过大漠孤烟
有时似一叶扁舟，出没于江海的浪高风疾
经过一面镜子，里面正列队走着我的童年和少年
经过一条河流，我的青春正拐弯远去
来往的人如流云散聚，或长路相伴
或各奔东西。有时只是一次分别
却成为永诀。我从谷雨中走向大雪
从暴雨中蹚过闪电。脚步那么滑
又那么急，我一次次跌倒，终于从梦中
一觉惊醒，月正中天
我已人至中年。岁月已披衣走远
月光来过，我鬓边的白发正是它走过的足迹
潮水来过，我日益臃肿的年华正是它铺下的沙泥
我愧疚于这梦境过于喧哗
我应该独自走来，以失眠的孤独

匹配我的长夜

这一生我将历尽喧嚣

出生的时候我是带着啼哭来的
离开的时候我也必将带着啜泣走远
这人间的声响无时不在——
车辆的疾驰、机器的轰鸣
像波涛卷着我，在漩涡中浮沉
沸腾的人声、缤纷的鸟语
像浪花的水珠，滴穿时间的磐石
大地上那么多顶着烈日劳碌的农人
那么多饮下风霜赶路的贩夫
仿佛都是我啊，接受着年岁的磨损
承载着生活的重压。三十岁那年
我突然在镜中发现了鬓边滋生出白发
那是月光落地的白，闪电破空的白
露出了人生张皇的喧嚣。是呀，岁月已迫不及待
提着鞭子催我急行了
我知道，这人世没有一刻是安宁的
连睡眠中，也会梦见瞪羚被狮子追捕的呼叫
梦见绵羊被屠刀宰杀的哀号
而我一生历尽喧嚣，只为百年后我归于大地
生命才会获得永恒的皈依与沉寂

夜　航

有时我从夜梦中惊醒，仿佛是远行归来
风尘灌满双腿，光影压紧肩头
路弯曲着，头顶是失重的乌云

有时在夜深处，一把刀在我胸膛磨砺
心是它的鞘。它吹毛即断
渴望饮血，以拭锋刃上的月光

有时我写作到很晚，夜一直在陪着
星辰闪耀，是我把纸上的修辞搬到了天空
灯光忽近忽远，调整着我和黑暗的间距

有时我开车穿过深夜的长街，霓虹明灭
街景一闪而逝，仿佛过隙的白驹
一眨眼就跑进了中年。愿沉睡中的人
都能在梦中获得幸福
而我只愿意与孤独同行，一起抵达天明

天　空

苍穹上，星辰各就其位
日月竞相生辉。银河的镜子里
全是大地的倒影

有时雷鸣滚动，那是天空对地心的引力
获得深远的回音
有时流星划过，那是自转的行星
正在丈量着光年

许多次我乘着飞机越过云霄
试图看清世界的轴心。而宇宙给我的
则是一场恍惚的梦境：所有星体的运行
包括一抹气流细微的战栗，全都化为了时间

我记得在天空上看云，仿佛是大海风平浪静
遥远的水面上，浮着被撞碎的薄冰
我记得夕阳落下的时刻，辉煌地沉入天际
宛如人生壮丽的告别
而天空下群峰就绪，万物各有规律
只有一群蝼蚁在乱麻麻地穿行，并时有失序
那里正是漫长的人间

选自熊焱诗集《时间终于让我明白》
阳光出版社，2020 年 12 月